1968　三億円事件

日本推理作家協会 編
下村敦史　呉 勝浩　池田久輝
織守きょうや　今野 敏 著

目次

1968

三億円事件

一

一九六八年

馬たちがゴールした瞬間、馬券は紙切れに変わった。

東京競馬場内には落胆のため息や怒号があふれた。大穴を的中させた者は、外れたような顔で息を潜めているだろう。

平野則文(ひらののりふみ)は舌打ちすると、数枚の馬券を放り上げた。隣では、高校時代の先輩だった望月敬一(もちづきけいいち)が〝紙屑〟を破り捨てている。引き歪められた顔は、眉も目も吊り上がり、攻撃性を剝き出しにしていた。

「畜生。大損じゃねえか。なあ、則文」

則文は同意するように苦笑を浮かべてみせた。

「そうっすね。本命の落馬がなけりゃ……」

「下手糞が！」敬一は〝紙屑〟をばら撒きながら踵(きびす)を返した。「行こうぜ、則文。すっ飛ばしてパーッと気分変えようや」

「女、呼びます？」

「おう。誰か声掛けろよ」

則文は敬一と共に東京競馬場を出た。公衆電話から適当な知り合いに電話し、待ち合わせの約束をする。

東京競馬場近辺の喫茶店『チェリー』に入り、一杯八十円のコーヒーを飲みながら待った。

テーブルを挟んで向かいに座る敬一は、競馬専門紙を見、「役に立たねえな」と吐き捨てた。専門紙をテーブルに放ると、煙草を取り出し、ライターを点けようとした。カチッ、カチッ、と音が鳴る。着火せず、そのたびに舌打ちが混じる。

則文はテーブルの片隅に『チェリー』のマッチを見つけ、手に取った。

「これ、どうぞ」

敬一はマッチを受け取ると、火を点け、一服した。吐き出した紫煙が店の天井に立ち昇っていく。

敬一は十代のころから補導歴も多く、鑑別所に二度も入ったことが自慢で、喧嘩っ早い。地元の悪名高い〝Tグループ〟に誘ってくれたのは彼だった。

灰皿に四本の吸い殻が溜まったとき、店のドアが開き、二人の女が入店してきた。化粧が濃く、短いスカートを穿いている。

敬一が「まあ悪くねえじゃん」と薄く笑う。

「先週、新宿で声掛けたんすよ。すぐ股、開きますよ」

「いいじゃん。俺好み」

「だと思いました」

則文は女たちと連れ立ち、『チェリー』を出た。敬一はマッチを放り上げては受け止め、駐車場に向かう。停めてある『プリンススカイライン２０００ＧＴ』のドアを開けた。

則文は自分の『プリンススカイライン１５００』に乗った。痩せ形の女は水晶のイヤリングをいじりながら、助手席に乗り込んだ。ミニスカートがずり上がり、一瞬、三角地帯が見えそうになる。

女の太ももを一瞥した後、『プリンススカイライン１５００』を発車させた。敬一の『プリンススカイライン２０００ＧＴ』を追い、新宿方面まで飛ばした。

新宿の路上には、自分たちと同じくらいの年齢――十代後半から二十代前半――の若者たちがたむろしていた。ギターを抱えて地べたに座り込んだり、寝転がったり。格好は長髪やサングラス、奇怪な眼鏡、裾が広がったラッパズボンが目立つ。

フーテン族だ。

則文は横目で見ながら『くだらねえ奴ら』と内心で吐き捨てた。惰性で生きて何が楽しいのか。その点、自分たちは自分の腕一本で稼いでいる。自堕落な連中とは違う。

則文と敬一は蛇行運転しつつ窓から顔を突き出し、挑発的な雄叫びを上げた。フーテン族は誰一人向かってこようとはしない。

則文は拍子抜けし、運転に専念した。駅前の広場では、ヘルメットとメガホンの若者たちが怒声じみた大声で反戦ソングを歌い、警察官に突っかかっていた。

一時間ばかりドライブを満喫すると、ホテルにしけこみ、連れの女と体を重ねた。生きている実感があった。

気がつくと、全裸の女はベッドで上半身を起こし、シーツの上をまさぐっていた。

「何してんだよ」

女はシーツに手のひらを這わせながら答えた。

「ん、イヤリングが見当たんなくて」

「どうせ安物（やすもん）だろ」

「そうなんだけどさ、水晶のやつで、結構気に入ってたのに……」

「道端で落としたんじゃねえの？　気にすんなよ」

女は不満顔を見せていたものの、無視していたらやがて諦めた。女を置いてホテルを出ると、敬一を待った。彼は満足顔で出てきた。

「俺らはこうやって毎日楽しく生きようぜ」

2

「さっき、いい車を見つけたんだよ」

敬一がそう言ったのは、十二月十日の寒い雨の日の朝だった。鉛色の空に雨雲が広がり、府中市全体が灰色に閉ざされていた。

則文は訊いた。

「へえ。場所は？」

「国分寺史跡のクヌギ林だよ。人気もねえし、たやすいんじゃねえか？」

「……林っすか。それ、わけありじゃないっすか？」

「わけありでも放置してあんだから、用なしだろ。やろうぜ」

林に放置されている車――か。漠然とした不安を覚えた。それは垂れ込める雨雲や土砂降りの雨のせいかもしれなかった。だが、濡れたシャツが背中に貼りついているのと同じく、胸騒ぎを伴った不快感は振り払えなかった。

則文はレインコートを羽織ると、敬一に促されるまま、彼のバイクのケツに跨り、問題のクヌギ林へ向かった。五分も走ると、府中刑務所が見えてきた。雨の中、黒っぽくそびえる壁は威圧感があり、眺めていると、いつか自分もこの中に入るのだろう、と感じた。

「則文、白バイだ。目、逸らせ！」

突然の命令に反応できず、逆に前を見つめてしまった。敬一がバイクの速度を落としたため、白バイを凝視するはめになった。目を逸らさなきゃ、と思うものの、首は動かなかった。それは――向かってくる白バイになぜか作りもの感を覚えたからだった。

すれ違ってから振り返ると、白バイは尻尾のようにシートカバーを引きずったまま、けぶる雨の薄幕の中に融けて消えた。

間抜けな白バイ警官もいたもんだな、と呆れる。そのうち、シートカバーをタイヤが巻き込んで事故るぞ。

敬一が運転するバイクは国分寺街道を北上し、何度か角を曲がった。国分寺史跡の林には、クヌギだけでなく笹藪も広がっていた。寒々しい裸木や雑草が雨に打たれ、陰鬱な雰囲気を醸し出している。

　敬一が路上で停車し、振り返る。

「車はど真ん中だよ」

　林に踏み入ると、雑草地帯に数基の墓石が建つ中、寄り添うようにカローラが停められていた。鮮やかな濃紺の車体が無数の雨粒を受け、きらめきながら弾き返している。何げなくナンバーを見ると、『多摩5ろ3519』だった。〝多摩五郎〟か。何となく語呂がいいな、と自然に笑いが漏れる。

「頼むぜ、則文」

　則文はうなずくと、常備しているバールをカバンから取り出し、三角窓のフレーム部に突き立てた。

「俺は外で見張ってっからよ」敬一は親指を立てた。「成功したらまた仲間に自慢してやろうぜ」

　所属している〝Tグループ〟は、地元の不良少年たちの唯一の居場所だった。車両の窃盗、車上荒らし、強盗、恐喝――。金を稼ぐために手段は問わず、逮捕歴がない者のほうが少ないほどだ。

　メンバーの中には、閉店間際のスーパーに押し入るや、発煙筒をダイナマイトに見せかけて店員を追い払い、その隙に十万円を超える金を奪った奴らもいる。話を聞いたときは、頭脳派だな、と感心したものの、実行した二人は二日後に逮捕されてしまった。

——俺はそう簡単には捕まらねえぞ。

自分に言い聞かせ、『多摩五郎』のドアをこじ開けたときだった。

雨音を裂くように敬一の怒声が聞こえた。

「則文、人が来たぞ！」

心臓が跳ね上がった。

『多摩五郎』の陰から顔を覗かせると、大雨に霞む視界の中、笹藪を突っ切るように黒塗りのセドリックが近づいてきていた。

3

一九六八年十二月十日午前九時二十一分——。

雨の中、日本信託銀行国分寺支店の現金輸送車セドリックが、ジュラルミンケースに詰めた約三億円の現金を運んでいた。東芝府中工場の従業員四千五百二十五人のボーナスだ。

セドリックが府中刑務所の外壁沿いに差し掛かったとき、一台の〝白バイ〟がどこからともなく現れ、手で停車を要求した。回転する赤色灯が放つ血の色の光が猛雨に滲んでいる。

バイクを停めた〝白バイ警官〟は、セドリックに近づいてきた。黒系のジャンパーを着、白いヘルメットを被っている。運転手の銀行員が窓を開けるや、〝白バイ警官〟は言った。

「日本信託銀行の方ですね。ただいま連絡があり、巣鴨の支店長宅が爆破されました。この車両にも爆弾が仕掛けてあるかもしれません」

セドリックに乗車する四人の銀行員に緊張が走った。全員の頭の中に思い浮かんだのは、四日前の脅迫状の存在だった。日本信託銀行の支店長宛に送られてきた手紙には、切り貼りされた活字と手書きの文字が入り交じった文章でこう書かれていた。

『三百万このふろしきにいれ　いつも窓口にいる女の子が整ふくのまま左り手にもちあるいて　七日のよる五時三十分にそこをでて　駅に三十二分に着き　電話ボックスの前に六時までたち　その後　小金いの第二じょう水場に六時三十分までにつき　そこでまっていろ　もし約束をやぶればすがものうちはばくはする　ダイナマイトは小さいほうだが未だ八本ある　小さくてもいりょくはすごいぞ』

警察は女性銀行員に扮した婦人警官を使い、五十人態勢で件の浄水場を張ったものの、結局犯人は金を受け取りに現れなかった。とはいえ、爆弾の話までデマとは限らない。

支店長脅迫事件の存在は銀行員全員に伝えられ、爆発物に注意するよう指示されていた。それがあったからこそ、四人は〝白バイ警官〟の言葉に信憑性と危機感を覚えたのだ。

銀行員同士で顔を見合わせていると、セドリックの車体の下にもぐり込んだ〝白バイ警官〟が立ち上がり、切迫した形相で叫んだ。

「ダイナマイトがあったぞ！　爆発する！　早く車から離れろ！」

同時に車体の下から白煙がもうもうと立ち昇った。

銀行員たちは大慌てで飛び出し、物陰へ避難した。そのとき、自衛隊の幌付きトラックが偶然にも通りかかり、事態を目の当たりにした運転手が小型消火器を片手に駆けつけた。だが、〝白バイ警官〟はいち早くセドリックに乗り込むと、エンジンをかけ、前方に停めてある白バイを避けて猛スピードで走り去った。

なんて勇敢な警察官だ――。

銀行員たちは尊敬の眼差しで、雨の中に消えゆくセドリックを見送った。

最初に何かおかしいと感じたのは、セドリックの運転手を務めていた銀行員だった。

放置された〝白バイ〟を眺めるうち、メーカーがヤマハであることが引っかかった。

白バイはホンダのはずだ。なぜヤマハなのか。

自衛隊勤務経験があって乗り物に詳しいからこそ、その不自然さに気づいたのだ。

「電話しろ！」

銀行員の一人が電話を求め、百メートル後方のガソリンスタンドへ駆けて行った。

それが後に二十世紀最大の未解決事件となる〝三億円事件〟のはじまりだった。

『白バイ警官に扮した男が現金輸送車を奪い、府中街道裏を逃走中。被害額は九千万円。車両は黒塗りのセドリック。マル被は二十代の若い男。革ジャン。白のヘルメット』

九時三十五分、神村昌平は、警視庁で緊急発令を聞いていた。

九千万円の強奪とは大胆な犯行だな――というのが第一印象だった。戦後の強奪事件では、金を下ろしたばかりの農協職員のボストンバッグが奪われた三年前の三千百万円が最高被害額だ。国家公務員の平均給与が約五万円ということを考えれば、数千万は相当な金額だ。

三年前の事件では二ヵ月後に犯人三人が逮捕されている。今回も犯人は逃げおおせないだろう。警視庁はすぐさま『最高警備指令第4号』を出し、管内全域を緊急配備した。一斉検問の網を潜り抜けることは鼠でも不可能だ。

同僚が近づいてきて、言った。

「どうも奪われたのは三億円らしいぞ」

三億円――。

神村は目を剝いた。

犯罪発生直後は情報が錯綜し、正確な金額が分かっていなかったのだろう。三億円の強奪とは――前代未聞の大事件ではないか。根拠はないものの、この事件は一筋縄ではいかないのではないか、という予感を抱いた。

事件発生から約一時間。

「手配中のセドリックを発見！」

一報が入ったとたん、捜査陣が色めき立ち、わっと沸いた。だが、状況が判明するにつれ、表情に険しさが増していく。

小金井署の巡査長が発見したセドリックは、国分寺史跡のクヌギ林に乗り捨てられていたという。三個のジュラルミンケースはなし。現場には、北へ発進するタイヤの跡が残されていた。

犯人はすでに車を乗り換えていたのだ。

「ここで後手を踏んだのは痛いぞ」神村は同僚に言った。「検問はもう突破されてる可能性が高い」

「そうだな。最悪だ。乗り換えた車種も分からん。大渋滞で交通も麻痺してるし、いつまでも続けられないぞ」

「替えの車を用意していたとしたら、かなり用意周到な犯人だ。綿密に計画された犯罪かもしれん」

　結局、午後一時過ぎから順次、検問を解除せねばならなかった。だが、悪いことばかりではなかった。ニュースを見た主婦が不審な車について情報提供してきたのだ。高校生の息子が朝、国分寺史跡のクヌギ林に停められた濃紺のカローラを目撃していたという。

　ナンバーの一部が分かったため、即座に盗難台帳を調べた。すると、五日前に盗難届が出されている43年型カローラだと判明した。所有者は会社員。車のナンバーは『多摩5ろ3519』だった。

『多摩五郎』か。覚えやすいナンバーだ。

　犯人はあらかじめクヌギ林に『多摩五郎』を停めておき、セドリックを強奪後、すぐさま乗り換えて逃走したのだ。

「畜生！」

神村は歯嚙みし、机に拳を叩きつけた。

「落ち着け」

肩を叩かれ、振り返った。

「ま、遺留品も多いし、逃げ切れないさ」

神村は「そう願うよ」と慎重に答えた。

荒っぽい運転の濃紺のカローラが国分寺街道方面へ猛スピードで走り去った、という目撃証言以降、犯人の足取りはぷっつりと途絶えていた。遺留物から追うしかないだろう。

実際、犯人が残していった物証は多かった。最たるものはやはり改造白バイだ。綿密に計画されたように思える手口のわりには、杜撰(ずさん)な部分も目立つ。

白バイは盗難車のヤマハスポーツ350R1を改造してあった。なぜホンダにしなかったのか。塗装も荒っぽく、青の車体を白のスプレーとペンキで塗り替えてある。しかも犯行時、犯人は改造白バイでシートカバーを引きずったまま走っている。

実行まで改造白バイを隠していたと思しき空き地には、盗難車の緑のカローラも停めてあり、裏返ったレインコートが乱暴に放置されていた。

現金輸送車は二つのルートを用意し、どちらを選択するかは直前まで決めない、という安全策を講じていた。犯人はどうやってルートを知ったのか。運任せの犯行とは思えない。銀行員の中に協力者がいた？

いや、それにしては慌ただしさが見て取れる。

おそらく、犯人は緑のカローラで現金輸送車のルートを確認し、空き地へ急行。レインコートを脱ぎ捨てて、改造白バイのシートカバーを剝ぎ取り、それに乗って現金輸送車を追った。時間との勝負だったから、レインコートは荒っぽく〝蛙脱ぎ〟で、シートカバーも引きずっていたのだろう。そして発煙筒を使い、三億円を強奪。国分寺史跡のクヌギ林へ行き、事前に隠してあった『多摩五郎』に乗り換え、検問を突破した――。

発煙筒を使って強奪、か。

手口に既視感がある。あれはたしか――。

〝Tグループ〟だ！　多摩を中心に車の窃盗を繰り返している地元の不良集団で、札付きのワルが集まっている。そのメンバーは今年三月、発煙筒をダイナマイトに見せて店員を追い出した隙に金を奪う、という手口でスーパーに強盗に入っている。

地元のワルガキに詳しい、という理由で捜査に駆り出され、逮捕に尽力したからよく覚えている。

神村は単独で町に出た。連中の溜まり場は把握している。メンバーの若者が独りになった隙を狙って路地裏に引きずり込み、壁に押しつけた。前腕で首筋を圧迫し、身動きを封じる。

「やりやがったな。誰だ」

「な、何がだよ」

睨み返すのは精いっぱいの虚勢だろう、若者の顔は若干引き攣り、瞳に怯えが宿っている。

この手の連中の扱い方は熟知している。自分自身、十代のころは何度も警察の世話になりかけるほどのワルだった。強がり、世の中を斜めから見下し、何もかもに反抗していた。だが、結局そんなものは安全な立場から吠えているだけのママゴト同然で、本物の〝権力〟には勝ち目がないのだと悟り、自分が行使する側に回った。

いざ警察官になってみると、狭い水槽の中に閉じ込められたような息苦しさを覚えた。警察組織の中では〝個〟は殺され、反抗はおろか自己主張も満足にできず、命令に従うだけ――。

自分が不良グループに手厳しいのは、非力で無意味とはいえ感情のまま何かに反抗できることに心のどこかで嫉妬し、憎悪しているからかもしれない。

「誰が主犯だ？　現金輸送車を襲ったろ」

若者が目を瞠った。

「まさか、本当にやっちまう奴が……」

囁くようなつぶやきだったが、神村は聞き逃さなかった。

「何か知ってるな。吐け」

若者は目を逸らした。

不良たちにとっては、暴力を自由に行使できない警察よりも、暴力も辞さないグループのほうが怖いのだ。

神村は喉笛への圧力を強め、相手の体を伸び上がらせた状態で内ももへ膝蹴りを加えた。「ぐっ」とうめき声が漏れる。

侮られるたび、自分が早々に反抗を諦めた国家権力のほうが恐ろしいのだ、と思い知らせてやりたくなる。

無言で二発、三発と蹴りつけてやると、若者はおとなしくなり、おどおどした口調で答えた。〝Tグループ〟の中心人物が、東芝や日立の現金輸送車を襲う案を仲間に話していたという。

神村はその不良少年の名前を聞き出し、捜査会議で報告した。捜査一課長は神妙な顔つきで首肯した。

「当たりかもしれん。その十九歳の少年に関しては、実は小金井署からも『注意報告』が届いている」

警察が一日で洗い出した情報によると、「少年は地元の高校を中退していて土地勘がある。過去に三度の補導歴あり。そのときは保護観察処分。今年五月に強盗容疑で逮捕。懲役十ヵ月執行猶予三年の判決を受けている。七月には仲間三人と会社員から五千円を奪っている。九月、少年鑑別所から保護施設へ移送中に脱走し、指名手配された。普通自動車と自動二輪の免許あり。『三億円事件』発生当時のアリバイは不透明」――というものだった。

〝Tグループ〟のメンバーが数ヵ月前に発煙筒を使った強盗事件を起こして逮捕されている事実を考えると、『三億円事件』はそれをヒントに思いついた犯行である可能性が高く、逮捕は確実と思われた。だが、警察の腰は重く、慎重な聞き込みを命じられただけだった。

愚痴をこぼすと、同僚が顰（しか）めっ面で頰を掻いた。

「……実はそう簡単にはいかないみたいでな」

「政治家の息子ってわけでもあるまい？」

「もっと悪い。義兄が白バイ隊員なんだよ」

神村は「は？」と目を剝き、絶句した。

警察官の身内から『三億円事件』の犯人が出る——。それは考えうるかぎり最悪の結末だろう。だが、見方を変えれば、容疑者の少年は白バイに詳しい、ということだ。

神村は地元の不良たちを中心に聞き込みをした。悪名高い〝Tグループ〟の情報はたやすく集まる。車両窃盗を得意としている二人組の話も聞いた。盗んだ『プリンススカイライン』を乗り回し、新宿界隈によく出没するという。だが、最近は目撃証言がない。『三億円事件』の犯人が利用した緑のカローラは盗難車だ。逃走に使った濃紺のカローラ『多摩五郎』も同じだろう。三億円の強奪は、おそらく〝Tグループ〟の数人で役割分担した計画だ。

『プリンススカイライン』を盗んだ二人組は、その車両窃盗の技術を買われて計画に引き入れられたのではないか。彼らがある時期を境に姿を見せなくなったのは、『三億円事件』への参加を決めて目立つ行為を控えたのだ。そう考えれば説明がつく。

論理を超えた直感があった。それはもうほとんど確信だった。

だが、決定打がないまま日にちだけ経過していく。

緊急の報が入ったのは、事件発生から五日後のことだった。

容疑者の少年が青酸カリ自殺をした。

「なぜこんなことになった！」

　捜査本部は大荒れになった。

　真相はすぐに判明した。

　立川署の捜査官が別の恐喝容疑で少年の逮捕状を取り、自宅を訪問していたのだ。手柄争いで先んじようとしたのは間違いない。捜査官が母親に追い返されたその日の夜、少年は青酸カリで自殺してしまった。

　少年の遺書には〝罪の告白〟などはなかった。

　捜査本部は少年の遺書と『三億円事件』の四日前の脅迫状の筆跡鑑定を行った。その結果、文書鑑定が出した結論は――シロ。筆圧も筆速も別人だった。しかも脅迫状の切手から採取された唾液は、B型。少年はA型だった。

　通夜の席では、現金輸送車に乗っていた四人の銀行員を捜査官と偽り、こっそり少年の遺体と〝面通し〟させた。似ている、との証言は引き出せたものの、それだけでは決め手にはならない。

　極めて怪しく、自殺も不可解だが、それ以上の追及は難しかった。だが、神村は〝Tグループ〟の線を諦めなかった。盗難車の『プリンススカイライン』を乗り回す二人組を追い続けた。

一方で警察は、改造白バイの下部に取りつけられたトランジスタ・メガホン——通称トラメガの線からも調べていた。交通違反者などに停車を命じるため、本物にも標準装備されている。犯人は、赤色灯と合わせてそれっぽく見せるために装着したのだろう。

捜査の結果、地区内で三つのトラメガが行方知れずと判明した。一つは米軍横田基地に納められたものだ。

「米軍基地関係者が犯人じゃないか？」

そう囁く捜査員もいた。基地内に逃げ込めば警察の追跡を免れられる。

だが、改造白バイのトラメガは、刻まれた番号によると、一九六八年二月十九日までに製造されていた。横田基地のトラメガは七月ごろに製造されている。

米軍関係者犯人説の根拠は早々に潰えた。

もう一つの行方不明のトラメガは、参議院議員に立候補したタクシー運転手が選挙用に利用していたと分かった。

怪しいのは最後の一つだ。三ヵ月ほど前にどこかの作業場で盗まれた可能性が高いという。

犯人はそれを使ったのか？

捜査官の一人が提唱したのは学生運動家説だった。

今年の春ごろから、無党派の学生だけでなく、活動家、過激派、共産党系——と大勢が集まり、〝全共闘〟として連帯し、時には敵対し、国を騒乱の渦に巻き込んでいた。プラカードや横断幕には『国家権力不当弾圧粉砕』『基地反対』『改憲阻止』と文言が並んでいた。〝ゲバ棒〟と呼ばれる角材を振り回し、石や火炎瓶を投げ、治安維持に努める機動隊と衝突している。

彼らはセクト名が書かれた白いヘルメットを被り、タオルを巻いて顔を隠し、トラメガ片手に主義主張を撒き散らしている。権力に生理的な反感を抱き、搾取する側を憎んでいる。

銀行が輸送する現金を鮮やかに強奪——。それは、持たざる者が持つ者へ食らわせる一撃としては痛快な犯罪ではないか。〝全共闘〟の熱気と毒気に当てられ、世間をあっと言わせてやろうじゃないかと考えた若者たちがいても不思議はない。実際、世間では『三億円事件』の犯人を英雄視して称賛する声も多かった。

世間の声が漏れ聞こえてくるたび、神村は苛立ちを嚙み殺した。自分でも何に感情を掻き乱されているのか、分からなかった。

警察は学生運動家を中心にローラー作戦を実行した。だが、肝心の大学内の捜査は、大学側の反発が強く、断念せざるを得なかった。

容疑者が何人も浮上しては消えていく。

神村は事件の概要を何十回も読み込んだ。徹夜を繰り返すうち、ふと思った。

自分が『三億円事件』の犯人逮捕に熱を上げているのは、もしかすると正義感ではなく、個人が警察組織相手に――いや、世の中を相手にこれほどの〝反抗〟ができることを認めたくない、という私情があるからかもしれない。結局、刑事になろうと気性は変わらないのだと思った。

巷（ちまた）の学生運動のように、熱に浮かされて感情のままに叫び散らし、ゲバ棒や火炎瓶で暴れ回っている連中には嫌悪と怒りしか湧かないが――『三億円事件』は違う。誰もがしてやられたと思っている。だからこそ、捕まえてやりたいのだ。一時の勝利には酔えても、成功した〝反抗〟を肴に美酒をいつまでも飲み交わせないのだ、と思い知らせるために。

犯人はそもそもいつから計画を立てていた？

寝ぼけ眼（まなこ）をこすりながら文章を追ううち、気づいた。

犯人は事件四日前に日本信託銀行の支店長宛に脅迫状を出しており、爆発物の存在を印象づけている。現金輸送車にダイナマイトが仕掛けられている、というとんでもない話に信憑性を与えている。

同じような脅迫事件が今年は頻発していたのではなかったか。

多摩農協脅迫事件――。

神村は捜査資料を手に入れ、読み漁った。

はじまりは約八ヵ月前の四月二十五日。多摩市農業協同組合に脅迫電話がかかってきた。

「百五十万円を持ってこなければ農薬で皆殺しにする。冗談ではない。庭の駐車禁止の標識の下の手紙を見ろ」

実際、その場所には脅迫状と地図があった。

多摩農協は四月から八月にかけて何回も脅迫された。『爆発物を仕掛けた』『三百万円を寄越せ』という内容だ。

爆発物の存在で金を脅し取ろうとする手口は、日本信託銀行の支店長が脅された事件とそっくりではないか。警戒だけさせ、金の受け取りに現れないところまで似ている。

両方の捜査資料を丹念に見比べるうち、目を奪われたのは、脅迫の日付だった。多摩農協が脅迫された日付のほとんどは〝二十五日〟だ。それは東芝府中工場の給料日だった。『三億円事件』では、その東芝府中工場に届けられるボーナスが強奪されている。

偶然なのか――？

二十五日以外の脅迫は二回だけ。六月十四日と八月二十一日に行われている。

神村は東芝府中工場に電話した。二つの日付を告げ、何か思い当たることはないか尋ねる。相手はしばらく考えたすえ、カレンダーを確認してくれた。

「……六月十四日はボーナスの支給日でした。八月二十一日は給料日前日です」

神村は思わず受話器をぎゅっと握り締めた。

東芝府中工場の給料日やその前日、ボーナス支給日に多摩農協が脅迫されているのは、単なる偶然ではない。

神村は調べた事実を捜査会議で報告し、『三億円事件』での脅迫状と多摩農協への脅迫状が同一犯によるものか、調べるべきだと主張した。

警視庁科学検査所が文書鑑定を行った結果――。

「同一と認められる」

やはり！

神村は体の内側から興奮が突き上げてくるのを感じた。

多摩農協の脅迫事件では、犯人は四ヵ月間も執拗に金を要求しておきながら姿を見せなかった。不可解な事件だった。だが、『三億円事件』と同一犯なら、そこには必ず何か意味があったはずだ。『三億円事件』を成功させるための布石だったのか？　それとも、本番に備えた実験的な側面があったのか？

何にせよ、これほど大掛かりで周到な犯罪は単独犯では無理だ。間違いなく組織的な犯行だろう。〝Tグループ〟を追えば真犯人にたどり着くのではないか。

不良少年たちが未熟な頭を絞ってひねり出したような反抗計画に翻弄されるなど、許されてはならないのだ。自分のプライドのためにも——。

事件発生から十一日後には、モンタージュ写真が作られた。白いヘルメットを被った〝犯人の顔〟は、瞬く間に世間に広がり、情報提供の電話がひっきりなしに鳴る。通報があった〝似ている人間〟を確認するだけでも大変だった。

モンタージュ写真により、犯人が遠のいた気さえした。

4

一九六九年

年が明けても犯人の目星はつかず、進展もないまま一月が終わり、二月が終わり、三月が終わった。

急展開があったのは四月九日のことだった。

「タマゴロウ発見！」

一瞬、理解が及ばなかった。いつの間に『三億円事件』の犯人の名前が判明していたのか、と訝った。

タマゴロウは――思い出した！

犯人が現金輸送車のセドリックから乗り換えて逃走した濃紺のカローラのナンバーだ。

『多摩５ろ３５１９』

「一体どこで！」

神村は捜査官に詰め寄った。

「それが……」

「神奈川か？」

警察の中には、犯人は警視庁と神奈川県警の縄張り意識の強さを逆手にとっていち早く神奈川へ逃亡したのではないか、と囁く者もいた。完全に出し抜かれた以上、そういう可能性もあると思っていた。

「違うんです」捜査官は顔を歪めていた。「それが――小金井の団地なんです」

彼が説明した住所は、『三億円事件』の発生現場から五キロも離れていない団地の駐車場だった。

「冗談だろ」神村は啞然とした。「小金井署の派出所のそばだ」

「そうなんです。トヨタ自動車の東京カローラ営業所のセールスマン二人がたまたま目に留めて、興味本位で近づいたらしくて。シートの隙間から覗いたら後部座席にジュラルミンケースがあったんで、ピンときて通報を」

「いつからそこに？」

「分かりません。調べます」

神村は同僚たちと共に現場へ赴いた。広大な敷地に団地が何棟も並ぶ中、そばの駐車場にはすでにロープが張られていた。捜査官たちを取り囲むように野次馬が押し寄せている。団地の住民たちは、『三億円事件』の犯人の車が発見されたと知っているのだ。

割って入ると、駐車場に車が横並びになっていた。シートが取り払われた『多摩五郎』を見た最初の印象は、やけに綺麗だな、ということだった。

『多摩五郎』のドアが開けられ、後部座席からジュラルミンケースが取り出されていく。鍵はすでに開いている。当然、空だ。蓋を開けた状態で地面に並べると、円状に囲む大勢の記者たちが撮影した。脚立に上がり、後ろからカメラを構えている者も多い。集まった記者の数がいまだ衰えぬ『三億円事件』の注目度を表していた。

神村は苦々しく下唇を嚙みながら、その光景を眺めた。

結局のところ、警察の失態を喧伝しているにすぎない。空のジュラルミンケース、地元で発見された『多摩五郎』——全ては犯人にしてやられ、捜査も後手を踏んでいた証だ。

とはいえ、苛立ちと失望の空気が蔓延する捜査本部に改めて気合が入ったのは事実だった。

車体が綺麗なのは、犯人が犯行後も乗り回していたからではないか。『多摩五郎』を調べれば、犯人に繫がる物証は必ず出てくるだろう。捜査が一気に進展するのは間違いない。

いや——と思う。

ナンバーまで周知されている車を乗り回すなど可能か？　もしそんなことをしていれば、今ごろ犯人は手錠をかけられているのではないか。

驚くべき事実はすぐに判明した。

航空自衛隊入間基地の偵察機が撮影した写真が手に入った。事件翌日の午前十一時十七分の一枚だ。そこには、米粒サイズだが、はっきりと『多摩五郎』が写っていた。

「まさか！」

信じられなかった。事件翌日から四ヵ月間、目と鼻の先に『多摩五郎』が停まっていたのになぜ誰も発見できなかった？

三ヵ月前から警察官二千人態勢で全ての駐車場を確認し、ヘリコプター『はるかぜ3号』まで飛ばし、多摩湖のほうまで捜索した。それなのに見落としたというのか？

犯行の翌日にはもうそこにあった。そうだとしたら変だ。犯行時は大雨の中、泥を跳ねながら走っただろう。そのままここに停められ、四ヵ月間ずっとシートが被せられていた。本来ならかなり汚れが残っているはず。それなのに洗車したように綺麗だ。

なぜだ？　わざわざ洗ったのか？

不可解だと思った。

警察が改めて団地の駐車場を捜査したところ、そこは盗難車の隠し場所として利用されていたと分かった。過去にも遡（さかのぼ）って持ち主不明の車両を調べたら、『多摩五郎』以外に二台の車と一台のバイクに盗難届が出ていた。

木を隠すなら森の中——か。

『三億円事件』の犯人が『多摩五郎』をここに放置したのは、偶然か？　それとも、日常的に盗難車の隠し場所として利用していたのか？

神村が気になったのは、二台の『プリンススカイライン』だった。『プリンススカイライン1500』は一ヵ月前に発見され、すでに所有者に返還されているという。もう一台の『プリンススカイライン2000GT』は気づかれないまま放置されていた。『プリンススカイライン』――か。

〝Tグループ〟に所属する二人組の存在が脳裏に蘇る。車両窃盗を得意にしているという。新宿のフーテン族の目撃証言では、『プリンススカイライン』に乗り、奇声じみた雄叫びを上げていたという。『三億円事件』後はめっきり姿を見せなくなった、と聞いた。

『三億円事件』に関与しているはず、と確信していたが、証拠がなく、見向きもされなかった。個人の捜査では限界があり、正体を突き止めるに至らなかった。

だが、今回の『多摩五郎』発見で流れは変わる。間違いなく。

調べると、『プリンススカイライン』は二台とも三角窓のフレームがバールのような道具でこじ開けられていた。それは『三億円事件』の犯人が二台のカローラを盗み出した手口と同じだった。

『プリンススカイライン2000GT』から発見された遺留品は、六月十六日開催分の競馬専門紙『ダービーニュース』と『競馬研究』、競艇場で配られている『開設14周年記念競走』のチラシ、喫茶店『チェリー』のマッチ。『プリンススカイライン１５００』からは、水晶のイヤリングが一個とハンカチが見つかっている。

それぞれの車の所有者に確認を取ったところ、どれも自分の持ち物ではないとの返事を得た。

目と鼻の先に放置された『多摩五郎』に四ヵ月も気づかず、その失態に臍を噬む捜査陣の士気が急上昇した。全員の熱気が肌にびんびん伝わってくる。それは巷で巻き起こっている〝全共闘〟などの学生運動の騒乱にも負けないほどだった。

警察の組織力で〝Tグループ〟を丸裸にしてやる。不良少年たちの反抗など、所詮、狭い子供の世界の中のママゴトにすぎないのだ、と思い知らせてやる。大人から許容されている枠からはみ出せば――大それた犯罪に手を染めれば、たちまち潰されるのだ、と。

神村は二人の不良少年の話を捜査会議で報告した。

だが――。

「『三億円事件』を計画中の犯人がそんな目立つまねをするか？」

「単なる地元の不良だろう」

「盗難車の『スカイライン』とはかぎらん」

反論を受けただけだった。

四月下旬になると、さらに流れが望まぬ方向に変わった。

一九一三年生まれの伝説の名刑事が鳴り物入りでやって来た。捜査一課長が参戦を要請したという。『帝銀事件』『下山事件』『小平事件』『カクタホテル殺人事件』『吉展ちゃん誘拐事件』などなど、大事件や難事件に関わっている。彼は『三億円事件』では単独犯説を提唱し、捜査陣の異論を黙らせた。

神村は複数犯説を唱え、「二人組が乗り回していたのは絶対にあの二台の『プリンススカイライン』です！」と強弁した。

「いや、別物だろう」

「同一の『プリンススカイライン』だとしたら、『三億円事件』は複数犯になってしまう」

「『三億円事件』は単独犯だ」

だが、伝説の名刑事の威光は強かった。強すぎた。誰もが複数犯の可能性に耳を傾けてくれない。

これでは結論ありきではないか。捜査本部では今まで複数犯説が主流だったにもかかわらず、伝説の名刑事が参戦して単独犯説を唱えたとたん、流れが一変してしまった。

不満をくすぶらせたまま捜査資料と向き合っていると、同僚がビニール袋の束を手に席を立ち上がった。

「どうした？」

尋ねると、同僚は苦笑いを向けた。

「砂遊びだよ」

「砂？」

「ああ。ジュラルミンの土、あったろ」

ジュラルミンケースの角の留め金が外れた部分に、一・五グラムの土が付着していたという。

「それがどうした？」

「多摩地区のあらゆる場所の土を採取しろとさ。百グラムずつくらい集めて、ジュラルミンの土と照合するんだと。科学検査所からのお達しでな。気の遠くなる作業だよ」

一致すれば、犯人が現金輸送車から乗り換えた『多摩五郎』でどこへ向かったか、分かるわけか。しかし、多摩全域の土の採取とは——大勢の警察官を動員しても数ヵ月はかかるのではないか。

「ご苦労様」

「面白味もない仕事だけど、行ってくるわ」

神村は同僚の背中を見送った。

単独犯を前提にした聞き込みを指示されたものの、神村は複数犯を念頭に置いて地元の不良たちを追及した。それは――警察組織という枠に囚われた自分ができる唯一の小さな〃反抗〃だった。

事前に行った脅迫事件でダイナマイトに信憑性を持たせ、犯行当日は現金輸送車を尾行してルートを確認し、大急ぎで空き地へ行き、白バイに跨り、犯行後、車を乗り換えて逃走――。独りで実行可能な犯行とは思えない。単独犯だと、数ヵ月がかりで綿密に準備した計画も、ほんの少し歯車が狂っただけで失敗に終わってしまう。

やはり、協力者は必要不可欠だ。

命じられた聞き込みの範囲を逸脱し、東京競馬場のほうまで足を延ばした。『プリンススカイライン2000GT』からは、六月十六日開催分の競馬専門紙が二紙、発見されている。犯人が競馬を愛好している可能性は高い。

すると――ある喫茶店が目に留まった。掲げられた看板に目が釘付けになる。

『チェリー』

同じく車内に残されていた証拠物に、喫茶店『チェリー』のマッチがあった。

これだ！

神村は喉を鳴らすと、高鳴る心臓を意識しながら『チェリー』のドアを開けた。

店内で話を聞くと、不良っぽい若者二人がしばしば訪れていたという証言を得た。二人の愛車が『プリンススカイライン』かどうかはさすがに分からないという。

「最近も顔を見せますか？」

「いえ」

「『三億円事件』の直後から顔を見せなくなった、とも言えますか？」

「……そう、ですね。時期としてはあの事件の報道があったあたりから見かけません」

誘導尋問ではあったものの、このくらいの〝決め手〟がなければ捜査会議でも相手にされないだろう。

そう考えたとき、自嘲の笑いが漏れた。

捜査本部の〝結論ありき〟を苦々しく思いながら、自分も同じことをしているではないか。

警視庁に戻ると、突き止めた事実を上司に報告した。叱責も覚悟のうえだった。だが——上司は興味を示してくれた。

「何人かそっちにやる。その若者二人の線を追ってくれ」

5

一九七〇年

地道な捜査が実を結び、若者二人を突き止めたのは、一九七〇年の一月。『三億円事件』の発生から一年以上が経っていた。

二人の名前は平野則文と望月敬一。中途退学した高校の先輩後輩の間柄だという。年齢は望月のほうが二歳年上だ。二人共、あの〝Tグループ〟に所属している。

ついに尻尾を摑んだぞ！

神村は爪が皮膚に食い込むほど拳を握り締めていた。にわかに高まる心音は、むしろ耳に心地よく、興奮が全身に伝播しているのを実感させられた。

神村は上司に詰め寄り、「平野と望月を引っ張らせてください」と訴えた。だが――。

「去年の過ちは繰り返せん」

にべもなく撥ねつけられた。今回も味方してくれると思っていたのに――タイミングが悪かった。

去年の過ち——。十二月十二日の悪夢のことだ。

毎日新聞が特大のスクープを放った。府中市の若い元運転手を『三億円事件』の重要参考人として報じ、疑惑の根拠を書き立てたうえ、本人の顔に白ヘルメットを合成した写真まで掲載した。『カッコよさ、夢みて』『〝灰色の男〟〇〇の青春』『「まさか!」と元上司』『転々した職場、声さまざま』と見出しをつけた。誰が見てもその人物が犯人だと確信する紙面だった。

たしかに警察ではその元運転手を疑ってはいた。だが、脅迫状の筆跡が違うという矛盾点もあり、慎重を期していたのだ。記者は筆跡不一致の件を知っていたにもかかわらず、スクープ熱に浮かされ、書いてしまった。

任意同行を求めて取り調べた結果——無実と判明した。事件当日、その元運転手は会社の面接を受けていたのだ。〝世紀の大誤報〟をやらかした毎日新聞は、六段組みで謝罪している。

元運転手は、犯人だと信じてしまった者たちから連日嫌がらせや中傷を受けているという。その二の舞を警戒する上司の気持ちはよく分かる。

だが——及び腰では犯人に逃げられてしまう。元運転手の件は、新聞が勇み足で暴走したからこそ大問題になり、無実の人間の人生が狂った。マスコミが節度さえ保てば、容疑者から任意同行で話を聞く程度は問題ないはずだ。

神村は熱弁を振るった。そして――ようやく平野則文と望月敬一を取り調べる許可が下りた。内心でガッツポーズした。同僚からは「ずいぶん楽しそうだな。油断せず、絶対に落とせよ」と肩を叩かれた。

神村は取調室で平野則文と向き合った。股を開き気味に座り、身を乗り出した。

「ずいぶん手広くやってるようじゃないか、え？」

腕組みした平野則文は、薄い唇の片端を吊り上げている。警察を嘲笑するように鼻を鳴らした。

「何のことっすか」

「車両の窃盗だよ、窃盗。札付きのワルばかり集まりやがって。盗んだスカイライン、乗り回してたろ」

「証拠はあるんすか。これ、国家権力の横暴でしょ」

機動隊に火炎瓶や石を投げる新左翼の連中と同じ目をしている、と思った。

「『プリンススカイライン２０００ＧＴ』と『プリンススカイライン１５００』だ。新宿なんかでも目撃されてんだよ。車内の遺留品の指紋と照合するか？」

平野則文の唇が引き歪んだ。

「一昨年の十二月十日はどこで何してた」

平野則文の眉がピクッと反応した。

「……一昨年って、そんなもん、知るわけねえじゃん。先週何してたかだって覚えてないっすよ」

「『三億円事件』だ。知ってるよな？　日本信託銀行国分寺支店の現金輸送車が奪われた」

彼の顔には警戒心がみなぎっていた。

「テレビでも大騒ぎだったんで、まあ」

「どう思う？」

「痛快っしょ。日ごろ搾取してる連中がまんまと出し抜かれてさ、目を白黒させてんだから。ざまあ、って感じっすよ」

「そんなに日本社会が憎いか？」

「日米安保とかクソ食らえっしょ。日本は戦争する気かよ。勘弁してくれよ。資本主義だの何だの、俺ら若者から搾取するだけ搾取しやがって……」

平野則文は他者を攻撃する人間特有の歪んだ形相で、テレビの聞きかじりのような日本社会批判を延々とまくし立てた。そこに独自の目線などは何もなく、耳にタコができるほど聞き飽きている主義主張を繰り返しているにすぎない。インテリぶっていても、所詮、他人の受け売りだ。権力を批判する自分に酔いしれ、それこそ我が青春と錯誤している連中の物真似だ。

浅慮で極端な発言を聞いていると、緻密な強奪計画を立てられるだけの頭があるとは思えなかった。

計画を立てたのは望月敬一のほうか？　だが、任意同行を求めたときの感触では、平野則文以上に品性がなく、発言に知性を感じなかった。印象では、二人共、単なる〝社会に反抗したがる十把一絡げのガキ〟だった。

神村は思わず顔を顰めた。

『多摩五郎』は小金井の団地の駐車場に放置されていた。同じ場所に『多摩五郎』と同様の手口——車の三角窓のフレームがバールのようなものでこじ開けられている——で盗まれた『スカイライン』が二台。同一犯による犯行である可能性が高い。

平野則文と望月敬一は何らかの形で関わっているはずなのだ。

神村は改めて『三億円事件』発生日のアリバイを問いただした。

平野則文は腕組みしたまま顎を持ち上げ、挑発的な薄笑いを漏らした。

「寝てた、寝てた。部屋で独り」

「嘘つけ！」神村は机に手のひらを叩きつけた。「朝っぱらからお前が外出するのを近所の人間が見てる」

平野則文の顔色が一変した。

「あんな大雨の日にどこへ行ったんだ、え？」

「……覚えてねえよ」

「主犯がいるだろ、主犯。お前らの頭で描ける絵図じゃない。お前らの役目は何だ？見張りか？」

伝説の名刑事の鶴の一声以降、警察は単独犯説で捜査している。複数犯説を唱えても黙殺される。だが——どうしても単独で実行できる犯行とは思えないのだ。

「車は盗んでも、現金輸送車なんか襲わねえよ。リスクが高すぎんだろ」

「お前は車両の調達役か？　どう関与した？」

「知らねえって言ってんだろ」

結局、二時間以上事情聴取しても、平野則文は否認を貫いた。最後は愉快そうな余裕の笑みさえ浮かべていた。

神村は渋々彼を帰すと、望月敬一を取調室に呼んだ。神経質そうに親指の爪を噛み、促してもなかなか座ろうとはせず、しばらく押し問答が続いた。

　望月敬一が椅子に腰を落とすと、同じように事件発生日のアリバイを追及した。

「俺らは何もしてねえよ。雨ん中、バイクですっ飛ばしてただけだ。則文をケツに乗っけてさ」

「白バイ警官に扮して現金輸送車を奪ったんじゃないのか、え？」

「あいつは俺じゃねえよ！」

「あいつ？　まるで知り合いみたいな言い方だな」

　望月敬一ははっとした顔で目を見開くと、きょどきょどと視線を泳がせはじめた。

「す、すれ違っただけだ。何も知らねえよ」

　今度は神村が目を剝く番だった。椅子を倒しながら立ち上がり、顔を寄せた。

「どういうことだ。いつどこで！」

「……則文と走ってたときだよ。朝っぱらだったけど、府中刑務所の辺りで向こうから白バイが来てさ、慌てて顔を背けたんだよ」

「運転手の顔は見たのか？」

「顔を背けたって言ったろ。見てるわけねえだろ」

「でまかせ吹いてんじゃないだろうな。何か覚えていることは？」

「……なんか、シートみたいなもんを引きずってたような……は？　と思ったけど、すぐ目を逸らしたから、よく分かんなくてさ」

シートを引きずっていた――それなら間違いない。『三億円事件』の偽白バイ警官だ。よほど慌てていたのか、ハンチング帽を巻き込んだシートを絡めたまま走っていたのだ。

望月敬一はワルぶる小心者、という印象で、嘘をついているようには見えなかった。

共犯者ではないのか？　では、『三億円事件』は捜査本部が決めてかかっているように本当に単独犯なのか？　複数犯の可能性を念頭に置いて捜査しなければ真犯人を取り逃がしてしまう、という自分の確信は大間違いなのか？

神村は後日、再び平野則文を任意同行した。そして望月敬一の証言について確認した。

だが――。

「敬一さんの勘違いじゃないっすか。一年以上前の話だし、白バイ警官なんて四六時中見てるから、珍しくもねえし」

「十二月十日の朝。遭遇したんだろ？」

「覚えてないっすね」

平野則文がときおり見せる笑みには、目上の教師が簡単な問題を間違えているのを見たような、愉快そうな雰囲気があった。追及している自分が何か誤っている気さえしてくる。

彼は『三億円事件』との関与はもちろん、犯人の目撃すら否定し続けた。唯一認めたのは、『プリンススカイライン』二台の窃盗だけだった。『多摩五郎』も同じ手口で三角窓がこじ開けられていた、と責め立てても、車を狙うなら大抵の奴はそうするっしょ、と反論を繰り返した。

二人は『三億円事件』とは全く関係ない犯罪行為で逮捕するのが精いっぱいだった。

モンタージュ写真の〝偽白バイ警官〟よりも、なぜか平野則文の人を馬鹿にしたような、どこか楽しげな顔が頭から離れない。

本命には――日本社会に最大級の〝反抗〟をしてみせ、しかも称賛まで浴びている『三億円事件』の犯人には繋がらず、早々に権力側に寝返った自分の自尊心は傷だらけのままだった。

目に見えない犯人が自分をあざ笑っている声が聞こえた。

盗まれた二台の『スカイライン』、『多摩五郎』、『三億円事件』の犯人――と繋げる道が断たれ、捜査本部は今までどおり単独犯説で犯人を追う方向一本に絞られた。

空のジュラルミンケースの角に付着していた土は、一年がかりで多摩地区全土の土を採取した結果、『国分寺市東恋ヶ窪（ひがしこいがくぼ）』または『西恋ヶ窪』のエリアの土と一致した。だが、別の検証では『恋ヶ窪』の土とは合わず、決め手に欠けた。

世間に浸透した偽白バイ警官のモンタージュ写真は、銃刀法違反で逮捕された過去がある二十八歳の男性――『三億円事件』の前年に事故死している――の顔写真にヘルメットを合成していたと判明した。信じがたいことに、目撃証言をもとに作成されたのではなかったのだ。これでは犯人逮捕に繋がるはずがない。

結局、十億円近い捜査費を費やし、延べ十七万人の捜査員が犯人を追ったものの――約二万八千件もの情報が寄せられ、捜査対象者は約十一万八千人に上った――、『三億円事件』は一九七五年十二月十日、極左過激派による連続企業爆破事件がいまだ世間の注目を集めている中、進展もないまま時効を迎えた。

6

一九七五年

「よう」

玄関ドアを開けたとき、降り続ける雨を背景に立っていたのは、望月敬一だった。整髪料で固めた黒髪にスーツ――一瞬、押し売りのセールスマンかと思った。

平野則文はまじまじと彼の顔を見つめた。会うのは出所して以来初めてだった。

「相変わらず、ここに住んでんだな」

敬一は傘を畳むと、許可も取らず、勝手に革靴を脱ぎはじめた。部屋に上がり、散らばった新聞紙を払いのけて尻を落とす。

「お前、まだ働いてねえんだろ？」

出所後の敬一は、小さな製造業に就職したと小耳に挟んでいた。いまだ〝五年前の逮捕〟を後悔して就職できずにいる自分とは大違いだ。

則文は曖昧な苦笑を浮かべるに留めた。

気まずい沈黙が落ちる。無理もない。片や逮捕を機に更生し、片や逮捕されたことで自暴自棄になっている。

敬一は所在無げに室内を見回し、一紙の記事に目を留めた。昨年の夏から今年の春まで続いた連続企業爆破事件が報じられている。〝日帝〟の侵略企業と植民者への報復――という旗印を掲げ、『東アジア反日武装戦線』と名乗る極左集団が大手ゼネコンや商社に爆弾テロを仕掛けたのだ。

「俺さ、職場が近くだったからさ、あわやだったんだよ」敬一が丸の内のビジネス街に立ち込める黒煙の写真を人差し指で突っつく。大地震の被災地さながら、建物や車の窓ガラスが砕け散り、粉塵や木片が散らばっている。「数分違いで命拾いだぜ」

三菱重工ビルの爆破では、三百八十人が負傷し、八人が死亡している。

「……事件に興味あんのか？」

敬一が心配そうに訊いた。

「俺がこういうのに首を突っ込むと思ってんすか？　まさか」則文は新聞紙を引っくり返した。「俺が興味あったのはこっちっすよ」

裏面は、時効が迫る『三億円事件』の特集だった。

「ああ、『三億』か」敬一は得心がいったようにうなずいた。「単なる暴力やテロと違って、本当に鮮やかな手口だったよな。犯人は誰にも被害を出さず、世間の度肝を抜いて。一躍ヒーローだよ」

自嘲の笑みが自然とこぼれる。

「被害ゼロの事件なんて――ないっすよ」

敬一は怪訝な顔を見せた。

「工員たちにはちゃんとボーナスが出たんだろ。銀行にしたって、盗まれた三億は保険からまかなわれたらしいし……。まあ、そういう意味じゃ保険会社は損してるか」

則文は適当に相槌を打ち、話を変えた。

「今日はどうしたんすか。いきなり」

「いや、ほら、『三億円事件』が時効になるだろ。それでテレビで特集してたからさ、ふと思い出してな」

「何をすか」

「お前さ、何で警察に白バイのこと言わなかったんだよ。お前も見かけたろ？　クヌギ林に現れたセドリックだって、あれ、犯人だろ、絶対。『三億円事件』の犯人の情報を握っているように見せたら、俺らの逮捕は避けられたんじゃないかって思ってな。車の窃盗くらい、見逃してもらえただろ」

「……車を盗もうとしている最中に目撃しましたとか、言えないっしょ」

敬一は納得しかねるように首を捻っていた。だが、「そのときはそう思ったんすよ」と言われたらうなずくしかなかったらしく、やがて話は終わった。

結局、敬一は小一時間、自分の近況を話し、「お前がその気なら社長に口利きするからさ」と言い残して去って行った。

──あんたは本当にそれで楽しいのかよ。俺が七年間隠してきた〝秘密〟を知ったら、低賃金で働くのが馬鹿らしくなるさ。

則文はアパートを出ると、雨の中、盗んだバイクで多摩方面へ向かった。十年前から推し進められている『多摩ニュータウン計画』により、年ごとに住宅が増えている。

ある団地の前でバイクを降り、真新しい建物を眺めた。雨が灰色の幕となり、一帯をどんよりと覆っている。

『三億円事件』が起きた日もちょうどこんな雨だった。

7

一九六八年十二月十日

三角窓のフレーム部にバールを差し込んでカローラ『多摩五郎』のドアを開錠した瞬間、土砂降りの雨音を破り、「人が来たぞ！」と叫ぶ敬一の声が耳を打った。

『多摩五郎』の陰から顔を覗かせた則文が見たものは、クヌギ林に進入してくる黒塗りのセドリックだった。危機感が全身を駆け抜けたものの、動くことはできなかった。向こうのフロントガラスが真っすぐこちらを向いていたからだ。

セドリックがそばに停車した。ドアが開き、男が降り立った。黒革のジャンパーを着、手袋を嵌めていた。長めの黒髪が額にへばりついている。

男はただならぬ雰囲気を纏っていた。普段ならば、窃盗の現場に誰かが居合わせても、躊躇なく姿を晒して逃げていた。だが、このときはなぜかそうできなかった。

則文はまばたきで雨粒を払い、周囲に目を走らせた。逃げ場はない。どのように動いても見られてしまう。

追い詰められた結果――とっさに『多摩五郎』の車内に滑り込み、後部座席の足元に横たわって身を隠した。直後に轟いた雷鳴に合わせ、ドアを閉めた。全て本能的な行動だった。

息を潜めていると、運転席側のドアが開けられた。心臓が飛び上がり、雨音よりも大きく胸の内側で早鐘を打ちはじめる。

男はジュラルミンケースを三個、後部座席に放った。ずいぶん重厚な音がした。

そのときになって自分の過ちに気づいた。この『多摩五郎』は男のもので、しかも、セドリックから乗り換えようとしているのだ。

どこか異様な雰囲気に息を殺していることしかできず、雨音と自分の心音の中、ただ身じろぎせずにいた。『多摩五郎』が発車したとたん、体が転がりそうになり、手足を突っ張って耐えた。

速度が上がり、何度か角を曲がる。

敬一には、発見される直前に無事逃げ出したと思われているだろう。まさか車内に隠れてしまい、身動きが取れなくなっているとは想像もしないに違いない。

何分走っただろうか、『多摩五郎』が停車した。心臓がますます騒ぎはじめる。

視線を上げると、窓の外に幽霊じみた人影があった。レインコートが大雨に打ちのめされている。

誰だ――？

仲間か？

運転手の男は『多摩五郎』を降りると、レインコートの男と喋りはじめた。車内に声は聞こえてこない。だが、覗き見ている感じでは、二人の興奮が伝わってくる。

危険な香りがする連中だ。後部座席のジュラルミンケースも怪しい感じがする。

捕まれば命がないかもしれない。逃げるならチャンスは一瞬しかない。

則文はジャンパーの内ポケットに手を入れ、ナイフの柄を握り締めた。

覚悟を決め、機を待った。

やがて――後部座席のドアが開けられた。則文は発見される前に跳ね起きた。体に半ばのしかかっていたジュラルミンケースが弾け飛び、角から土の上に落ちた。

二人が目を剝いていた。だが、運転手の男の行動は素早く、則文が車外に躍り出ると同時に胸倉を絞り上げられた。レインコートの男が加勢しようとした瞬間、則文は腕を突き出していた。防衛本能に駆られた行動だったが、ナイフの刃は男の左の胸部に滑り込んだ。肉に侵入し、肋骨を削る感触――。

反射的に腕を引くと、ナイフが抜け、鮮血が『多摩五郎』に飛び散った。

雨が破り続ける水溜まりの中に運転手の男が倒れ込むと、則文は目を見開いたままレインコートの男を睨みつけた。初めて人を刺した感触に息が乱れ、肩が上下する。

相手が尻込みして後ずさった。

則文はちらっと視線を落とした。土の上のジュラルミンケースが少し開いていて、中に封筒――明らかに給与袋だった――がぎっしり詰まっているのが見えた。

それからの行動は衝動的だった。ナイフで威嚇してレインコートの男をさらに後退させると、ジュラルミンケースを拾い上げて後部座席に放った。運転席に乗り込み、エンジンをかける。相手が追い縋る前に『多摩五郎』を発車させる。

とにかくアクセルを踏み込んで現場を離れた。

町中を走らせているうち、国分寺市東恋ヶ窪に運ばれてきたのだと分かった。安全な場所で停車し、ジュラルミンケースを開けると――間違いなく給与袋の束だった。袋は輪ゴムや紙紐で束ねられ、職場名が書かれたクリップで留められている。

中身を確認したとたん、震え上がるほどの興奮が胸の内側から込み上げてきた。

数千万――いや、億はある。

則文は、窃盗仲間が利用している改造工場に『多摩五郎』を乗り入れると、車体を洗った。雨で血痕の大部分は流れ落ちているとはいえ、人を刺し殺した以上、念入りに洗うに越したことはない。

その後は、盗んだ車の捨て場に利用している小金井の団地の駐車場に『多摩五郎』を乗り捨てて――金を抜いたジュラルミンケースは車内に放置した――、自宅に戻った。

テレビでは、強奪された三億円のニュースばかりだった。自分が横取りした大金が何だったのか、その時点で理解した。

手の中にある三億円も恐ろしいが、今は犯人の一人を刺し殺してしまった事実が重くのしかかっていた。だが、犯人側も後ろめたい事情があるからだろう、仲間の遺体を隠したのか、殺人容疑で警察が逮捕に現れることはなかった。

気持ちが落ち着いてくると、思いがけず手に入れた三億円を守りたいという思いでいっぱいになった。事件発生の当日、警察は強奪された三億円のうち、百万円分――二千枚――の五百円札の通しナンバーを公表している。下手に使うとバレかねない。三億円を手元に置いておくのは万が一のときに危険だと考え、袋に詰めて近所の空き地に埋めた。

思えば、それが間違いのもとだった。

一九七〇年に車の窃盗容疑で逮捕され、服役した。出所したときに見たものは――。『多摩ニュータウン計画』で空き地に建てられた団地だった。三億円が発見されたというニュースは聞かないから、おそらく建物の下に埋まったままだ。

この真実を知れば、敬一も、自分が汗水垂らして真面目に働くことを馬鹿らしく思っている気持ちが理解できるだろう。

服役さえしなければ三億円が手中にあったのだ。そう、取り調べられていた時点では、いつでも掘り出せる場所にまだ三億円が……。

『三億円事件』は誰一人笑ったまま終われなかった事件だ。

きっと自分はこの先一生、二度と手に取れない三億円に囚われ、未練がましくこうしてここへ足を運ぶのだろう。

則文は土砂降りの雨に打たれながら、いつまでも新築の団地を眺め続けていた。

ミリオンダラー・レイン

呉勝浩

呉勝浩（ご・かつひろ）

一九八一年青森県生まれ。大阪芸術大学映像学科卒業。二〇一五年『道徳の時間』で第六十一回江戸川乱歩賞を受賞しデビュー。一八年『白い衝動』で第二十回大藪春彦賞受賞。他の著書に『ロスト』『蜃気楼の犬』『ライオン・ブルー』『マトリョーシカ・ブラッド』『雛口依子の最低な落下とやけくそキャノンボール』がある。

＊

一九六八年（昭和四十三年）、十二月十日、午前九時三十分頃――。

土砂降りの雨の中、日本信託銀行国分寺支店を出発した現金輸送車――黒塗りのセドリックが府中刑務所の塀沿いを走っていた時、後ろから追ってきた白バイに停車を命じられた。

「この車に爆弾が仕掛けられているかもしれない」

そう告げる白バイ隊員の言葉に信憑性があったのは、同月六日、同支店長宛てに脅迫状が届いていたからだった。

運転手ら四人が指示に従い車を降りると、若い隊員はセドリックに近づいて車体の下に潜り込んだ。やがて車から白い煙が上がった。遠巻きに眺める四人の目前で、隊員はセドリックに乗り込み、そのまま走り去った。あとには発煙筒と、白く塗られた偽の白バイが残されていた。

セドリックに積まれていたのは東芝府中工場の従業員に配られるはずだったボーナス、およそ三億円。現在の価格で二十億円ともいわれる金額を強奪した犯人たちは捕まるどころか、素性すら明らかにならぬまま、事件は時効を迎えた。

世にいう「三億円事件」である。


―


靴の中がずぶ濡れなのは、深い水たまりを踏んづけたせいだった。

足の裏から伝わるねっちょりとした感触が全身を不快にした。腹いせに唾を吐くと、駅の庇(ひさし)の下でフォークギターを鳴らす男のそばに飛んだ。スカした丸いサングラスがこちらを向き、今にも立ち上がる気配を見せた。

足を止め、笠井芳雄(かさいよしお)はサングラスの青年を睨みつけた。西口の改札前には仕事帰りのサラリーマンがあふれ、彼らは芳雄の不穏な空気に一瞥を投げつつ流れていった。みなが一様に手にした傘の中で、骨が折れ、穴が空いているのは芳雄が持つ一本だけのように思われた。

威嚇する芳雄の目つきに、サングラスの青年は唇を歪めて顔を逸らした。舌打ちでもしたのだろう。背を向けた芳雄は、舌を打ちたいのはこっちだと思った。

夕刻、同い年の藤本優作(ふじもとゆうさく)が職場に電話を寄越してきた。仕事が終わり次第新宿へ来いという。ほったらかしの借金があって断れず、雨の中、サドルのない廃棄自転車を漕いだ。途中でチェーンが切れ、拾った傘には穴が空いていた。おまけに水たまりを踏んだのだ。新宿のケバい街並みに薄汚れた職場のツナギはやぼったく、これも面白くなかった。

空に突き出る伊勢丹の丸看板を当てにしてゴールデン街の方角へ進むにつれ、背広の人波に風体のわからぬ者たちが混じり始めた。バンカラふうの集団や長髪の連中、テキヤもどきの奴。ボロをまとった年齢不詳の男が雨に打たれるまま寝そべっている。芳雄はうつむき、彼らとすれ違った。

待ち合わせの大衆酒場は湿気と熱気でむせ返るほど混み合っていた。脂ぎった男たちが酒を呷(あお)り、飯を食らい、そこここで大きな笑い声や怒鳴り声が響く中を、肩をすぼめて進んだ。

奥のテーブルに座った藤本がこちらに気づくや貧相な子犬みたいな顔を赤くして「遅い」と吠え、対面に座った見知らぬ男に「こいつが笠井です」と、芳雄を紹介した。

「よろしく」男は肩まで伸びた髪を払いながらサカキと名乗り、気取った仕草で煙草を吹かした。

偶然の相席という雰囲気でないことに、芳雄は嫌な予感を覚えた。経験上、藤本の知り合いにろくな奴はいない。

「グループサウンズなんて奴隷文化の音楽さ。ブルジョワが撒いた餌に尻尾を振るなんて、実存的可能性の放棄にほかならないよ」

店内に流れる沢田研二の歌声に、サカキは煙を吹きつけた。どうやら予感は的中だ。

「まあ、飲め。ここはサカキさんの奢りだ」

取りなす藤本の酌をひと息に流し込み、ならば食おうとレバニラ炒めを二皿注文した。サカキは饒舌に喋り続けた。大衆だ闘争だ、ベトナムだ安保だ。聞きかじった単語が芳雄を素通りして飛び交った。訳知り顔で頷いている藤本が間抜けに見えて仕方がなかった。

ひたすら空腹を満たすことに専念し、レバニラの皿が空になりかけた頃、店の外をオートバイの集団が駆け抜けていった。マフラーの芯を抜いた爆音が中央公園のほうへ遠ざかっていく。下宿のある武蔵野でも珍しくないカミナリ族の騒音が、今夜は無性に腹立たしかった。

「嫌いかい？」

芳雄の渋面（じゅうめん）に目ざとく気づいたサカキが愉快げに訊いてきた。

「好きな奴がいるのか？」

凄むような返しを、「改造車のおかげで食ってる奴がよくいうぜ」と藤本が茶化した。

芳雄の勤める整備工場がエンジンを積んだ乗り物ならなんでも扱い、金さえもらえば違法改造も平気で請け負っているのは事実だった。

車や単車が買える小遣いをもらい、騒音を撒き散らしていい気になっているカミナリ族の馬鹿どもを相手にするたび、芳雄はぐつぐつと煮えたぎるものを感じた。そんな態度が見つかると社長に頭をはたかれる。「何様だっ」と、もう一発小突かれる。やり返そうにも、クビになっては飯が食えない。左翼の言葉など胡散臭いけれど、搾取という響きだけは腑に落ちる瞬間があった。

「勤労少年なんすよ、こいつ。生意気にオンナ持ちですからね」

「おい、うるせえぞ」

「いいじゃねえか。自慢の彼女だろ？」

「ふうん。なかなか隅に置けないねえ」

サカキの薄笑いに奈美が弄ばれているような気がして、いよいよむかっ腹が立った。

「けど君、この先はどうするんだい」

「先？」

「余計なお世話かもしれないけど心配になってね。今、給料は幾らもらってるの？」

自慢できる額ならば、職場から新宿まで電車賃をケチったりはしなかっただろう。

「藤本くんと同じなら君も十九だろ？　若いうちはいいけど、そこで働き続けて結婚して、奥さんを食べさせていけるのかい？　十年後は？　その時、君はどうなってる？」

サカキの口がくるくる動いた。「いくら景気が良くなったって恩恵に与る（あずか）のは一部の富裕層だけだよ。彼らは投資ができる。つまり教育に金をかけられるんだ。富める人間は賢くなり、知恵のない貧乏人からさらに富を巻き上げる。その連鎖がブルジョワの優位を確定してゆく。貧者は飼い慣らされ、湿気たパンを齧る（かじ）ためにこき使われる。個人の才能の問題じゃない。システムの帰結さ。どうしようもなく階級は固定し、不可逆の不平等は生まれ続ける」

何をいってるかはわからないが、何をいいたいかはわかった。そしてそれはちょうど、芳雄が今一番聞きたくない話だった。

「残念ながら、君が今の職場でどんなに頑張ろうと、たかが知れているだろう。子供が生まれたとして、その子もきっと、誰かに搾取される側なんだ」

「うるせえ」

かっと血が上り、声が尖った。箸を握り直し、サカキへ向けた。

「だからデモに来いってか？　揃いのヘルメットかぶって鉄パイプ振り回せってのか？

それで給料が上がるなら、いくらでもやってやる」

　サカキに動揺の色はなかった。こちらを見据えてくる突き放したような薄笑いに神経を逆なでされつつ、自制が働いた。経験上、こういうタイプは危ない。

　箸を皿に放り、コップの酒を空にする。一秒でも早く席を立ってしまいたかった。

「勧誘（オルグ）ならもっと暇な奴に当たれ」

「違う違う」サカキは煙を宙に吐き、煙草を灰皿で潰した。「勧誘じゃない。ただ、ひと仕事しないかと思ってね」

「仕事？」浮きかけた腰が止まった。

「そう。ぼくは今、ある計画を練っている。詳しくは教えられないけど、奪ってきた連中から奪い返す闘争さ。もちろんスプレーで壁にアジテーションなんてものじゃない。もっと具体的に、力を手に入れるための計画だ」

「仕事なら報酬が幾らかいってみろよ」

「一億か二億か、三億」

　ふざけるな――。そう怒鳴る前にサカキが続けた。

「世の中に一撃食らわせてやれる額だろ？　人生を変えられる額でもある」

　サカキが上目遣いに睨（ね）めつけてきた。

「こいつをやり遂げたら、変わるよ」

変わる。

酒場の喧騒の中で、その台詞はやたらくっきり、耳に届いた。


バイクで送るから酔い覚ましに付き合えと藤本に誘われ、雨上がりの大久保通りを二人でぶらりと歩いた。夜も更け、人も車も失せた大通りの真ん中を藤本と闊歩しているうちに、汚れたツナギも気にならなくなった。

路面の線路を踏みながら、藤本が声を張る。

「サカキさんはウチの常連なんだ。すげえ人だろ?」

藤本の「すげえ人」が「くそ野郎」に一変するのは毎度のことで、芳雄は彼の人を見る目を一ミリも信じていないし、昼夜営業のジャズ喫茶に入り浸る連中のくだらなさは信じていた。

「あの人は東大だぜ。もうやめちまったけど法学部の俊才で、今でもセクトに顔がきくんだ」

近々行われる大規模な集会の運営にも一役買うほどの実力者で集会にはおれも誘われてる、笠井も一度くらい来てみろよ——そんなふうに藤本は熱っぽく語った。

「お前、まだ懲りてねえのかよ」

「日大の阿呆とはわけが違う。あいつらはほんと、くそだったぜ」

五月のことだ。一緒に日本大学の合同討論会に参加する予定の仲間と揉めて、藤本はボコボコに殴られた挙句、肋骨を折られた。本人によると地獄のような仕返しをし、相手の連中は泣きべそをかいたというが、まず百パーセント嘘だろう。喧嘩っぱやいが腕っぷしはからきしで、威勢はいいが度胸はない。藤本はそういう男だ。

大学に通ってるわけでもないのにやたらと学生運動に首を突っ込みたがる藤本の行動を、出会ってからずっと、芳雄は冷めた目で眺めていた。

叫び散らして暴れ回って、終わったら酒を飲む。そして気怠い筋肉痛と二日酔いを抱え、変わり映えしない朝を迎える。そんな一日に比べたらわずかでも金になるぶん、エンジンオイルにまみれるほうがどれほどマシか。

一方で、藤本をたんなる馬鹿と切り捨てるのも違う気がして、彼に対する思いだとか自分自身のことだとか、上手く言葉にできないのはようするに、おれも馬鹿だからだと芳雄は自覚していた。

サカキの気障ったらしい面が頭に浮かび、芳雄は唾を吐いた。

「一億とか吹いてる時点で嘘臭えだろ」

「なんでだよ。一億だろうが二億だろうが、あるとこにはあるんだ」藤本は最近話題になった政治家の汚職事件をあげ、彼らの不正を糾弾した。ツナギのポケットに手を突っ込んだ芳雄は、彼の気が済むのを待った。

「金はあるんだ。少なくとも日本銀行が刷ってる数だけはさ」

「そういうのは、そういう奴らの話だ」

サカキの言葉を借りるなら、富を持ち教育に投資して賢くなった連中が、さらに富を得ようと頭を使っているのだ。さびれた自動車整備工場の見習い従業員がどれだけジャンプしたところで、指にかするとも思えない。

藤本が足を止め、胸に指を突きつけてきた。

「ニヒリズムは負け犬の言い訳だぞ。命を燃やさずして何が人生だ。闘争できない男なんて家畜と同じじゃないか」

血走った目は真剣だった。本気で、こんな与太を信じているのだ。馬鹿馬鹿しいと思う反面、眩しさもあって、だから芳雄はこのフーテンの友と縁が切れずにいるのだろう。

説教を封じるべく、ため息をついた。

「どんな計画か教えてもらえないんじゃ決めようがない」

「信じろよ。サカキさんとおれを」

「馬鹿。どうせ犯罪まがいのことをさせられるんだ。冗談半分で付き合えるかよ」

藤本が一歩近づいて、辺りを気にしながら囁いてきた。

「春頃から、多摩の農協に脅迫文が届いてるのを知ってるか？」

「いや」

「どうもそれが怪しいとおれは思ってる」

「怪しいって？」

「企業恐喝さ」

いかにも運動家崩れが考えそうなことだが――。

「会社をどうやって脅して、どうやって金を引っ張るんだ？」

「それは……いろいろあるんだろ」

とたんに藤本の口ぶりが怪しくなった。企業恐喝という言葉を知ってはいても、実際のところよくわかっていないのは芳雄も同じだった。

「おれたちに何ができる？　鉄砲玉に使われるのが関の山だ」

「いいじゃねえか、それでも。布団で眠ってたって、このくそみたいな世の中は変わらないんだ」

そうだ。それだけは芳雄も、はっきり確信を持っている。

「なあ笠井。やろうぜ」

目を輝かせる藤本に、芳雄は言葉を返せなかった。

返事を待っていた藤本が諦めたようにそっぽを向き、水たまりを蹴った。

「もういいよ。けどその代わり、次の集会には来いよな」

夜の片隅で丸まった貧相な背中に、芳雄は「わかった」と応じた。

2

武蔵野まで送ってもらい、下宿へ歩いた。生乾きの服に晩秋の夜風は肌寒く、鼻水が垂れた。

やろうぜ——という藤本の台詞が頭に残っていた。もしも藤本と出会った去年の今頃だったなら、頷いたかもしれない。臆病を恥じる気はないが、後ろ髪を引かれる思いもあった。

あの頃と今の違いは、奈美がいるかいないかだ。

六人兄弟の真ん中で、学生時代は荒っぽい連中とつるみ喧嘩ばかりしていた。親戚に下宿を世話してもらい、福島県の実家から武蔵野にやって来た頃は、ただただ東京の活気と明るさに驚いた。ここでなら何かできるような気がした。

　だが実際は、朝起きて働いて、夜眠るの繰り返しだった。仕事はきついが投げ出したいほどではなく、かといってその日暮らしを抜け出せるわけでもなく、ようするに漫然と、時は流れたのである。同じく上京組の藤本と知り合って、たまに酒を飲むようになって、奴が語る資本主義の横暴だとか階級闘争の是非だとかを右から左に流しては、酔っぱらってくだを巻き、誰彼構わず喧嘩を吹っ掛けたりした。

　それが奈美と出会って変わった。

　ちょうど藤本が日大の仲間と揉めていた時期、四月に封切られたハリウッドのSF映画がまだ上映していると聞いて、なんとなく足を運んだ。一番遅い最後の回、五十人くらいが入る客席はガラガラで、真ん中の良い席に座ることができた。視界には、延々煙草を吹かすジイさんと、ブツブツ独り言を呟く学生と、いちゃつく中年のカップルくらいしかいなかった。

　明かりが落ちてフィルムがかかり、ビルの一つもない大地で猿と猿が殺し合う冒頭にこれのどこがSFだと憤慨し、すぐさま眠気を覚えた。

「あなた、このまま人生を損するつもり？」

　彼女が芳雄を揺り起こしたのは一時間以上も盛大ないびきをかきっぱなしの男に対す

る探究的欲求のたまものだったらしい。

「あと三十分我慢なさい。飛べるから」

小ぎれいな身なりの若い女性にニッカ瓶を差し出され面食らっていると、彼女はそれを豪快にラッパ飲みした。受け取って、芳雄も喉を熱くした。空っぽの胃に染みた。交互に次々、飲み続けた。いつの間にやら映画は、宇宙船の中へ舞台を移していた。

「トリップしましょう」

退屈だった画面が突如、眩い光を放った。さまざまな光線がシャソーのようにぶつかってきた。脳みそをバンバン殴られている気分だった。アルコールにふやけた意識が溶けて、気がつくと声を出して笑っていた。彼女も同じだった。うっせいぞ、と誰かが怒鳴ったが、それがまた可笑しくて、映画が終わるまで二人して笑い転げた。

あとで、あのシーンは時空を超越するワープの視覚的表現だと教わった。小難しい理屈はともかく、飛べたのはたしかだ。

——来週の同じ時間にもう一度観ない？　その誘いに迷わず頷き、次の時は芳雄が買い込んだ酒を呷りながらワープシーンを待った。その前に騒ぎすぎて係員に追い出されたが、ハイな気分は消えなかった。彼女のそばにいるだけでトリップできた。

ガード下の赤提灯を過ぎ、灯りが消え、道沿いに高く長いフェンスがあって、その向こうは闇に沈んで何があるかわからなかった。彼女はフェンスにもたれ外国の歌をうたった。ビートルズかサイモン＆ガーファンクルか、きっと自由の歌だろうと思った。

葉っぱを吸ってみたいと彼女がいい、売ってる奴は知ってるけど金がないと返した。ウチの社長は昔にヒロポンをやりすぎて頭がイカれてると教えてやった。

「あなたって日和見主義者？」

「運動の言葉はわからない。王貞治なら知ってる」

芳雄が一本足打法の物真似をすると、彼女はけらけら笑った。そしてキスをした。

その夜から奈美は、芳雄の生活の一部となった。

彼女は芳雄より三つ上の大学四年で、目黒の実家に暮らしていた。たいてい渋谷で落ち合って、他愛ないお喋りをしながら街をぶらぶらした。たまに映画や演劇を観に行くくらいが贅沢だった。

芳雄は浮かれ、反面、自分の生活を見つめ直そうと思い始めた。ちゃんと働いて、ちゃんと稼いで、ちゃんと生きる。それがきっと、奈美とずっと一緒にいるために必要なことだと思うようになったのだ。

目の前に、薄暗い二階建ての下宿が迫っていた。近所の犬が吠えた。蹴飛ばしてやろうかと思った。

心が荒んでいるのはサカキや藤本や、雨や水たまりのせいではなく、もっと前、半月ほど前から、ぐつぐつと苛立ちは煮立っている。思うままに拳を振り回していた頃に戻りつつある原因は、そんな芳雄を変えてくれた張本人の奈美だった。

半月前——、気持ちの良い秋晴れの昼下がり、待ち合わせていた渋谷の喫茶店にやって来た奈美を見て、芳雄は間抜けにも口を半開きにした。

「似合う？」

悪戯っぽく笑った彼女は、からかうようにその場でくるりと回ってみせた。彼女が身に着けていたのは洒落たワンピースでもなければ色落ちしたジーパンでもなく、皺の一つもないブレザーとスカートだった。

「役所のおばちゃんみたいだ」

「おばちゃんではないでしょ」奈美は小さな顔を傾げ、頬杖をついた。「面接に行ってきたのよ」

「なんだよ、それ」

「面接は面接よ。仕事をもらいに行ってきたの」

「アルバイトか？」

「初めはそういう扱いかもしれないけど、受かれば春から週に六日、ちゃんと通うのよ」

呆気にとられた。奈美がそこそこ裕福な家の生まれであるのは察しがついていた。スレた遊びもするけれど、彼女なりに決めた一線があって、ハチャメチャをする時も可愛げをなくさない。きっとその分別は、育った環境が養ったのだろうと芳雄は思っていた。

だから奈美が働くなんて、予想もしていなかった。

「なんで」メロンソーダのグラスを、意味なく回しながら芳雄は訊いた。

「なんでって、そりゃあ、いつまでも遊んでいられないでしょ」

大学の卒業も迫っている。花嫁修業なんて馬鹿馬鹿しいし、世の中をもっと知りたい。奈美が語る将来の抱負は、たった半年前、葉っぱが吸いたいともらしていた女の台詞とは思えなかった。

タイピストとして働くのだと彼女はいい、和文と勝手は違うけど父親の英文タイプならよく触っていたからすぐに慣れてみせると胸を張った。

ミニスカのエレベーターガールやキャバレーの踊り子でなくてほっとしたが、それでも芳雄は、奈美が遠ざかっていくような感覚を拭えなかった。

「ようは事務みたいなものね」

「ビルの一室に閉じこもるなんて、奈美に耐えられるもんか」

「失礼ね。そのうちあなたよりも稼ぐかもよ」

　思わず、真正面から見返してしまった。

「ちょっと。本気にしないで」

　上手く言葉が出てこなかった。

「もう。子供ね」

「子供で悪いかよ」

「冗談だってば」

　こんな会話はしたくない。けれど感情が止まらない。

「どうせおれはガキで、貧乏人の息子だよ」

「何よ、それ」

「うるせえ」

「うるせえ？　よくもいったわね。わたし、その言葉大っ嫌い」

　奈美の丸い目が吊り上がった。

「働いて何が悪いの？　わたしの生き方について、いちいちあなたにお伺いを立てなくちゃいけないわけ？」

「そうじゃねえけど――」

「わたしはわたしなのよ。指図されるいわれはない」

「いわれって、どういう意味だよ」

「辞書を引きなさい」

「馬鹿にすんな！」

次の瞬間、顔面に水が飛んできた。

奈美は席を立ちながら何か口走った。きっと英語の、スラングだ。

「馬鹿にすんな」

一人きりになった芳雄は、そう繰り返した。辞書を買ってくれる大人も、使い方を教えてくれる兄妹や友だちも、芳雄の周りにはいなかった。それがそのまま、自分と奈美の間に横たわる距離なのだという気がした。


それから連絡すら取っていない。目黒の家に電話をかけたことはなく、向こうがかけてきてくれないと連絡の取りようがなかった。自宅を探すとか通っている大学に足を延ばすとか、いろいろ考えてはみたけれど、会ったところで、何も解決しない気がした。

六畳一間の部屋に敷かれた布団に胡坐（あぐら）をかき、芳雄は暗闇を見つめた。

結局――。

これは自分自身の問題なのだ。

外で犬が吠えた。

3

二十二日金曜日、誘われるまま上野駅に降り立ったのは藤本への義理立てのほかに、この集会が都内の大学を総動員した規模のものだと耳にしたからだった。闘争にかぶれる様子はまるでなかったが、奈美は祭り好きだ。案外ばったり、会えるかもしれない。

淡い期待を胸に駅から本郷を目指し、すぐにその希望は砕かれた。

「すごい人だな」駅を降りた大勢の若者たちとともに、芳雄はまるで隊列の一員となった気分で街を進んだ。

「いつもこんなもんさ」うそぶく藤本の顔にも興奮が見て取れた。

「笠井は適当に帰ってくれ。おれは最後まで残るから」

誘ったくせにと思ったが、この人数では何がどうなるか予想がつかない。かすかに腹の底が熱くなった。巨大な波に誘われるように足が動いた。

集会場所となっている東大本郷キャンパス、安田講堂前。そこへたどり着くのもままならぬほど人が群れを成し、四方八方から怒号や悲鳴や合唱が響いていた。トラメガ越しのアジテーションは興奮しすぎて何をいっているのかまともに聞き取れなかった。そこここで小競り合いも起こっていた。どれが東大生でどれが新左翼でどれが共産主義者か、もとより芳雄にはわからないし、もはや誰も、きっとマルクスだって匙を投げるに違いなかった。

集団にのまれるや、藤本は芳雄を置き去りに、拳を突き上げ大声で叫びながら前へ前へ進んでいった。

「現代社会の根本的矛盾は――」芳雄はあっけなく彼を見失い、もみくちゃにされながら、息をつく間もなく熱の塊の渦中にいた。

「我々の闘争は日本帝国主義の根幹を揺るがすための決起であり――」どこからともなく水が浴びせられ、唾が飛んできて、肘や拳に打たれた。痛みが麻痺し始めると、一抹の恐怖を含んだ高揚の波にのまれた。

「敗北や後退はなく、あるのは勝利、前進、決断である――」

前方で、ぱあん、と炸裂音がして悲鳴と歓声が沸いた。もくもくと上がる白い煙とともに、声と熱気が、まるで目に見えるように迫ってきて、その波は芳雄の中に残ったわずかな恐怖をあっさりさらっていった。

この渦のどこかに藤本はいるのだろうし、サカキがいるのかもしれず、あるいは奈美もいて、そして笠井芳雄もいるのだと思うと昂ぶるものがあり、気がつけば芳雄は叫んでいた。それは左翼の言葉でも運動の言葉でも、辞書に載った言葉ですらなく、ただただ叫びだった。

おそらくこの場所で言葉はどうでもよくて、おそらくこの瞬間は東大生と自動車整備工が同じ現在にいて、おそらくみんなが、振り回す拳が向かう先もわからぬまま、巨大な熱の塊の、小さな一つの細胞として運動を担うことで、自分を囲う檻をぶち壊す悦びを感じているのだった。

その集会に二万人近い学生が参加し、三十以上の大学がバリケード封鎖を敢行したことを翌日の新聞で知った。芳雄は職場の片隅で昼の弁当を食いながら、呆けた気持ちで記事を読み、本当に自分はそこにいたのだろうかと自問してみたりした。

戦中に空襲で焼け野原になった武蔵野の地の、街外れにぽつねんと建つ工場にはのどかな昼下がりの風が吹いていた。住宅地のほうへ続く土くれの一本道や、鉄くずになった廃車の山は、まさしく変わり映えしないいつもの風景だ。事務所から怒鳴り合う声がする。社長と奥さんの言い争い。野良犬がとぼとぼ歩いている。

ふいに芳雄は箸を止め、もう二度とあの熱狂が訪れない人生を想像した。その想像の中で芳雄はやはり自動車整備工をしていて、つまらない博打や不味い酒に溺れ蓄えもなく、連れ合いと不毛な口論をしたりしていた。たまに都会へ出かける時も、なぜか薄汚れたツナギを着て、そして傘には穴が空いている。

「芳雄っ」

顔を真っ赤にした社長が、事務所から出てきた。「今日はやめだ」ずんぐりとした身体をいからせ、戦中に悪くしたらしい右足を引きずって近づいてくる。

「ババアがピーピーピーピーピー騒ぎやがって。誰のおかげで飯が食えてると思ってやがんだ」

事務所からは奥さんのヒステリーが響いていた。

「飲みに行くぞ。女、抱かしてやる」

「いや、今日はちょっと」

「ああん？　てめえ、おれの気持ちが受け取れねえってのか」

芳雄はため息をつきたくなった。どうせ連れていかれるのは乾きものしか出さないスナックで、あてがわれる女性は五十を超えているのだ。

うんざりした。偉そうな社長も泣いている奥さんも、母親より歳をとった娼婦も、全部慣れっこのはずなのに、今日だけは心の底からうんざりした。

搾取されていると思った。金や労働力だけでなく、きっと自分たちが奪われているのは未来だ。未来は死ぬまでなくならないから、搾取は死ぬまで続くのだ。

奪われるのが嫌なら、奪う側に回るしかない。けれど、その方法がわからない。金どころか知恵もない自分が、この世界を引っ繰り返す方法が。

——奪っちまうか。それも。

「おら、車出せ」

社長に怒鳴られ、芳雄は我に返った。「一本だけ、電話してきます」

ぎろりと睨まれながら事務所へ向かう。頰を腫らした奥さんが泣き続ける横で、藤本の勤めるジャズ喫茶のダイアルを回した。藤本がだるそうな声で〈どうした?〉と応じた。芳雄はわずかに残った迷いをのみ込み、告げた。

「藤本——、やろう」

四谷にある藤本のアパートに上がり込んだ時、外はすっかり陽が落ちていた。風呂便所共同で広さも同じくらいだが、台所があるぶん芳雄の下宿より自由を感じる。

歩いてきたという芳雄に、「武蔵野から?」藤本が驚いたようにいった。「十キロ以上

ある ぞ？」

「いろいろ考えたくてな」

本当は飲まされた安酒と、身体にまとわりつく体臭を振り払いたかったのだ。そして決心を固めるためでもあった。

ガスストーブに当たりながら、初めに芳雄は念を押した。

「サカキには伝えてないな？」

藤本は戸惑ったように「ああ、まだだ」と答えた。

「それでいい。この先も、絶対にいうな」

「やる気になったんなら……」

「サカキとは組まない」

「え？」

「おれとお前の二人でやる」

「え？」再び藤本が素っ頓狂な声をあげた。

「どうせ危ない役回りを押しつけられて使い捨てされるだけだ。おれは絶対、あんな奴に奪われたくない」

眉間に皺を寄せる藤本を、芳雄は見返した。

「これだけは譲れない。お前以外の奴を仲間にする気もない」

「……おれとお前で、できるのか？」

「できる」

藤本が肩をすぼめ、「どうやって？」と不安げに訊いてくる。「企業を脅して金を出させるなんて、何から手をつけていいのか想像もできねえよ」

「おれだってどうしていいかさっぱりだ」

「じゃあ――」

「だから、サカキの計画を利用する」

きょとんとした表情が返ってきた。

「サカキたちが賢く金をせしめるつもりなら、おれたちは強引にいく」

「だから、どうやってだ」

「奪う」

「強盗か？」

芳雄は藤本を真っ直ぐ見た。藤本は身体を強張らせたが、視線を逸らしはしなかった。

「問題はどこからどうやって奪うかだ。成功して十万、二十万っててんじゃ話にならない。やるからには、何もかも変えられる額でなきゃ駄目だ」

何もかも……、と藤本が呟いて唾を飲んだ。「大金って、銀行とかか？」

「拳銃があったって返り討ちにされるぞ」

「米軍基地に秘密資金がたんまり隠してあるって聞いたことがあるけど」

馬鹿、という気にもなれなかった。そんな眉唾物に飛びついてハチの巣にされたくはない。

「脅迫文の送り先は多摩農協だったな」

藤本が頷き、芳雄は首を傾げた。農協が具体的に何をしている組織なのかすら知らなかった。はたして金があるのか。近所の駄菓子屋よりはマシだろうけど、ピンとこない。

「億は大げさでも、サカキだってそれなりの金額を見込んでるはずだ。奴が狙ってる企業が農協だって確信はあるのか？」

藤本は首を横に振った。ジャズ喫茶でサカキから「面白いだろ？」と、恐喝を報じる新聞記事を見せられただけだという。これでは農協への脅迫が奴の仕業かどうかも定かでないと芳雄は思った。

「――まあ、いいか。その手の話はどこにでもあるだろうし」

「一人で納得しないでくれ。サカキさんと組まないで利用するってのはどういう意味なんだよ」

「奪うんだ。金を奪うために」

芳雄は顔を寄せた。

「なあ、藤本。お前、強盗で金を奪ったらまずどうする？」

「そんなもん、さっさと逃げるしかないだろ」

「傘を盗むのとはわけが違う。最低でもウン百万って話だ。強盗の直後に消えた二人組を警察が見逃すはずないぜ。おれは外国に出るつもりはないし、こそこそ隠れて暮らすのも御免だ。どれだけ金があったって、それじゃあ意味がない」

頭に浮かぶのは奈美の顔だった。

芳雄はそれを脇へ追いやり、藤本を見据えた。

「怪しまれないように姿を隠すとなったら、それなりの時間が要る」

少なくとも金を隠し、職場に適当な言い訳を作って退職の日を決めるくらいの余裕がほしい。できればごく自然に東京を離れたい。

「そのために、サカキさんを利用するっていうのか？」

芳雄は無言で認めた。もちろんセクトや党の力を借りるという意味ではない。

それを察した藤本が不安げに重ねてくる。

「お前、何を考えてるんだ」

「簡単だ。誰かが狙った企業を狙う。上手くいけば、そ、い、つ、ら、の、せ、い、に、で、き、る、」

藤本が目を見開いた。

「強盗を、脅迫犯に押しつける気か」

「最悪二、三日でいい。そっちに警察の目が向けば、おれたちが逃げる隙が生まれるかもしれない」

藤本は黙り込んだ。口に手を当て、ささくれた畳にじっと目を落とした。芳雄の見込みが甘いか辛いか、考えたところで達する結論は同じだ。やってみなくちゃわからない――。

「問題は標的だ。おれたちで決められるわけじゃないからな。お前はサカキの計画をそれとなく探ってくれ。サカキじゃなくてもいい。右翼でも左翼でも構わないから、どっかの企業に恐喝をかけてるって情報を探すんだ」

ジャズ喫茶ならその手の噂を好む学生やフーテンに事欠かない。そして藤本の武器は、相手の油断を誘う人懐っこさだ。

「金を奪える条件に合ってたら、そいつをいただく」

「とんでもない奴だな」藤本が呆れたようにこぼした。「金だけじゃなく、計画も盗むなんて」

「それは違う。ちょっとお借りするんだ。共産主義的発想だろ？」

怒るかと思ったが、藤本はうなだれた。そして突然、「このトロツキストめ！」と叫ぶや、壊れたように笑い続けた。それが収まった頃、「笠井」真面目くさった顔でいった。

「やろう」と。

4

藤本の行動は早かった。知り合いに電話をかけまくり、運動の集まりを聞き出しては手当たり次第足を運んだ。

十二月最初の日曜日、互いの休みを合わせ、大井競馬場に呼び出された。藤本はレースそっちのけでこの一週間で得た噂話をまくし立てたが、たいていは大言壮語のホラ話に毛が生えたものだと本人も認めた。

「馬鹿馬鹿しくって、腹が立つより呆れたぜ」

米軍基地の秘密資金を口にしていた男とは思えない発言だったが、芳雄は相棒の変化に頼もしさを覚えた。

何か企んで潜伏しているのか、あるいは現在も続いている東大の籠城に加わっているのか、たしかな情報はないという。

「お前のほうはどうなんだ？」

第四コーナーを曲がってくる競走馬の群れに目をやったまま、芳雄は唇を嚙んだ。藤本が情報を嗅ぎ回っている間、根本的な問題に頭を悩ませていた。首尾よく標的が決まったとして、ではどうやって奪うのか、その方法についてだ。

拳銃やナイフ、あるいは鉄パイプといった武器を携えて襲うというやり方はこの計画に合っていない気がした。脅迫を受けている企業を標的に選ぶのだから、万全の対策がされている可能性がある。多少の喧嘩自慢は役に立たないだろうし、本格的な武器を扱えるとも思えない。まして藤本に期待するくらいなら初めから自首したほうがいい。

するとコソ泥のように忍び込んで金庫を頂戴するといった方法が残るが、これはこれで周到な準備や技術が要ると想像できた。

「そんなに難しいもんか？　静かに窓ガラスを割る方法だったら教えてもらったことがあるぞ」

「職員室じゃねえんだ。警備体制だって違うし、調べなくちゃならないことが山ほどある。金庫がどこにあるのか、持ち運べる大きさかどうか、持ち運べない場合おれたちで開けられる代物かどうか」

「ガスバーナーを使おうぜ。お前の工場にあるだろ」

「それを担いで忍び込むのか？　おれは嫌だぞ」

だな、と藤本がいい、競走馬たちが目前を走り抜けた。

「そもそも金庫に金がどのくらい入ってるかもわからない」

開けて数十万では話にならない。

「じゃあやっぱり、直接やるしかないのか」

「そうだな……」

次のレースの準備が始まった。芳雄たちはぼんやりそれを眺めながら、しばらく黙りこくった。恐喝者に強盗を押しつけるのはいいとして、現行犯で捕まったんじゃ話にならない。今から二人で訓練したところで付け焼刃だろう。

「一か八かになるな」

「まあでも、どのみちギャンブルだろ？」

藤本にしてはまともな意見だった。たしかに犯罪である以上、どれだけ好条件が揃ってもギャンブルに変わりない。とはいえ、このまま突っ込むのは特攻にも劣る自殺行為に思われた。少しでも成功の取っ掛かりがないかと考え続けているが、妙案は浮かばない。


「直接やるとして」藤本が切り出した。「どんなふうに狙うつもりだ？」

「標的次第だが、大量の現金を運ぶタイミングを見つけるしかないだろうな」

「ここなら確実じゃないか？」

藤本が足元を指さした。自分たちの座る、大井競馬場の屋外スタンドを。

「それで待ち合わせに選んだのか」

「もしかしたら参考になると思ってよ」

たしかに競馬場なら常に大量の現金がある。詳しくは知らないが、ずっとここに置いておくわけではないだろう。本部かどこかへ輸送しているに違いない。

「――売り上げは毎日運んでるのかな」

「輸送車なんて気にしたことねえよ。そんな暇があったら馬を見るぜ」

「何時にどこからどこへ運ぶのか知りたいな。警備の感じも」

「本気で狙うのか？　競馬場が脅迫されてるなんて話は聞いたことねえぞ。いっそおれたちで脅すか？」

「馬鹿。それじゃあなんの意味もねえよ」

しゅんとした藤本をよそに、次のレースが始まった。蹄がいっせいに地面を蹴る音が振動となってスタンドまで響いてくる。

「でもさ、輸送車を狙うのはアリだと思うぜ。一番確実だし、わかりやすいしな」

芳雄も同感だったが、よくよく考えるとぼんやりとイメージはあるものの、現金輸送車なるものがなんのために、どんなタイミングで使われているのか、具体的に思い描くことができなかった。

「何時かはわかんないけど、日にちは絞れるだろうし」

藤本の自信ありげな口ぶりに、芳雄は眉をひそめた。「なんでだよ」

「給料日はたいてい二十日か二十五だろ？　でかい企業なんかは現金を銀行から運ぶっていうぜ」

「そうなのか？」

「ウチの客に行員の息子がいてさ。そいつの話だと、給料とかボーナスを届ける時は前日からピリピリしてるんだってよ」

「ボーナスって？」

「給料の英語じゃないのか」

本当かよ。

疑わしげな芳雄の顔に、藤本は肩をすくめた。

「知りたきゃ辞書で調べろよ」

「辞書なんてくそ食らえだ」

思わず強い声が出て、藤本が目を丸くした。バツが悪くなり、芳雄は顔を逸らした。

農協に現金輸送車、ボーナス……知らないことだらけだ。知識がなければ選択肢は限られ、知識を得るには時間と手間がかかる。時間と手間を得るには、金が要る。

「上手くできてやがる」

そう毒づくくらいしか、今の芳雄にはできなかった。誰かが作った仕組みによって、何かを巻き上げられている。強盗の一つも満足に計画できない自分たちが情けなく、怒りがわいた。

――辞書なんか、絶対に引くもんか。

二周目に突入したレースを見つめながら、芳雄はいった。「期限は三月にしよう」

「え？」

「三月までに実行する」

「なんで三月なんだ」

「いつまでもダラダラやることじゃねえ。こういうのは勢いが大事だからな」

「三月までに都合のいい標的が見つからなかったら？」

「その時は、ここをやる」

競馬場の、現金輸送車だ。

「脅迫なしで？」

「ギャンブルだといったのはお前だぞ」

三月には奈美が大学を卒業する。口が裂けても藤本にはいえないが、それが芳雄のタイムリミットだった。

唇を尖らせている藤本に、馬を指さし芳雄は提案した。

「偶数と奇数、どっちがトップになるかで決めようぜ」

「……偶数」

「じゃあ、おれは奇数だ」

向こう正面のストレートを馬の集団が走っていく。第三コーナーに飛び込む。逃げ馬は十番。しかしすぐさま集団にのみ込まれ、偶数も奇数もわからなくなった。

藤本の膝に乗せた拳に力がこもっていた。

最後の直線を、偶数番号の馬が先頭で走ってくる。足が鈍っているのは素人目にもわかった。大外を奇数番号が駆けていく。間もなくとらえる。

どっどっどどど――。

競争馬たちがゴールを越えていく。その後ろ姿を、芳雄は目に焼きつけた。

やがて藤本が小さく呟いた。「……馬券を買わなくてよかったよ」

そうだな、と芳雄は返した。


「ボーナスってなんですか？」

尋ねた芳雄を社長はぎろりと睨み「お前、文句でもあんのか？」と凄んだ。

「半人前のくせに生意気いってんじゃねえぞ」わけのわからぬまま頭をはたかれ、芳雄は足を引きずりながら去っていく背中に「くそっ」と毒づいた。錆だらけの工場の中ですら、自分は搾り取られる側だ。

このまま永遠に搾り取られるか、あの社長のように自分よりものを知らない小僧を捉まえて搾り取るか。どちらにせよ、本当に大切な何かを手に入れられないまま老いてゆくに違いない。

昼休みになると芳雄は、弁当を食いながら事務所に置きっぱなしの古新聞に目を通した。特に社会面の事件記事を丹念に読んだ。どこにヒントがあるか知れないし、もっと賢くならねばという強迫観念に囚われてもいた。

鉄道爆破事件の犯人が捕まったという記事を読んでいる時、ぶぶん、とエンジンの音が近づいてきて、仕方なしに立ち上がった。飯時に、社長は絶対事務所から外へ出ない。

表に出て、すぐにそれが客でないとわかった。

「ここの従業員か？」

白バイに跨（また）がった男が横柄に訊いてきた。

「そうですけど」

「最近、ここらを改造車が走り回ってるだろ」

「最近というか、前からずっとですけど」

芳雄の返事が気にくわなかったのか、白バイ隊員はむっとした表情になった。

「ここで改造してるって噂もあるぞ」

「いや、ぜんぜん覚えがないです」

「お前じゃ話にならん。社長さんは？」

事務所に戻って声をかけると、社長は舌を打った。

「どうもどうも。ご苦労さんです」「ここら辺を走らせてる改造車に心当たりはないか」

「いやあ、そんなもんはまったく」「本当か？　多摩の辺りで車泥棒が多発してるんだ。

ここにも持ち込まれてんじゃないか」「まさか。めっそうもない」……。

社長は低頭しながら隊員のご機嫌をとっていた。芳雄は二人から離れ、横目で様子を窺った。

ずいぶん若い警官だ。芳雄と同じくらいの歳ではないか。そんな奴にへこへこする社長は滑稽で、普段こんな奴にへこへこしてる自分が馬鹿らしく、見ているのも嫌になった。

「真面目に商売に励むんだぞ」

白バイがエンジンを吹かした。無駄に大きな音だった。思わず顔を向けると、バイクはUターンし飛ぶような速度で工場から去っていった。あんな奴が警官だなんて世も末だ――。

――ん？

「官憲の犬っころが」社長が吐き捨て、廃材のタイヤに蹴りを入れた。

芳雄はまだ、遠ざかる白バイのテールを見つめていた。ついさっき浮かんだ奇妙な考えで頭がいっぱいだった。

あのチンピラみたいな若者――奴は本当に白バイ隊員だったのだろうか。

「いつまでもサボってんじゃねえぞっ」

社長に怒鳴られ、肩を殴られた。八つ当たりに腹を立てる余裕もなく、芳雄は突っ立っていた。

偉そうな社長も、警官が相手ならご機嫌をとる。学生に毛が生えた程度の小僧が相手でも。

いや――警官だからじゃない。白バイだったからだ。

制服と白バイ。たったそれだけで、社長はあの若者を警官だと信じ、頭を下げたのだ。いける。

芳雄は胸に手を当て、深呼吸をした。

恐喝されている企業の現金輸送車に白バイ警官が声をかけたら、案外、車は素直に停まるんじゃないか。

それからどうする?

――車ごと奪う。

奪うためにどうする?

――運転手や警備の連中を遠ざけなくてはならない。

どうやって?

ついさっき目にした記事。今年の六月に爆破事件を起こした犯人が逮捕されたという内容。

——爆弾、ダイナマイト。

先日の集会の光景が浮かんだ。そこここから立ち上っていた白い煙。爆発せずとも、あの煙さえあればいい。

車を奪ってどうする？　どこへ逃げる？

自問自答の片隅で芳雄は、これまでにない手応えを感じていた。ついさっきまで特攻を覚悟していた計画が、急に現実味を帯びた。

いける、と心の中で繰り返した。


藤本はじっと腕を組んで考えていた。底冷えする夜だった。ガスストーブを挟んで二人は向かい合っていた。

藤本が口を開いた。「——制服はどうする？」

「この季節だ。ジャンパーを羽織っててもおかしくない」

「それっぽいやつで充分か」

「色味だけ注意したら大丈夫だろ」

そうだな、と藤本は自分に言い聞かせるように呟いた。

「輸送車を奪うってことは、どっかで乗り換えるんだな」

「ああ。できれば二回は乗り換えたい。用意できるか？」

「アシがつかないようにするなら盗むしかない」

「当ては？」

「ある」

藤本の目がぎらりと光った。

「前に話した銀行員の息子ってのがカミナリ族のメンバーでな。そいつらで作った窃盗グループのたまり場を耳にしたことがある」

「お前――」思わず芳雄はのけぞった。「盗難車を盗む気か？」

「マルクス万歳だ」

呆れるよりも愉快だった。

「とりあえず二台ぐらい目星をつけて、ぎりぎりまで手をつけないでおこう」

「白バイは？」

「お前のやつを白く塗ったらそれっぽくならないか？」

「おれのアシはどうすんだよ」

「……さすがに前の日にってわけにはいかないもんな」

最低でも三日は準備の時間がほしい。その間、藤本の動きが制限されるのは上手くなかった。

「盗むか？」

藤本は一本センが切れたような目をしていた。芳雄は危うさと、それ以上に連帯を感じた。

「だな。よく考えたらバイクはそのまま乗り捨てだ。お前のじゃまずい」

「嵌められるとこだったぜ」

含み笑いを交わし合った。

「発煙筒を準備できるか？」

「活動家をなめるな。その気になればダイナマイトだって手に入る」

「捕まって死刑は勘弁だ。野暮はなしでいこうぜ」

「スマートっていうらしい」

「スマート？」

「うん。賢くて、洗練されたみたいな意味だ」

「いいな。スマートか」

計画の大筋は決まった。現金輸送車に白バイ警官を装って近づき、車を停める。爆発物が仕掛けられていると嘘をつく。脅迫を受けている企業なら信じてもらいやすいだろう。

発煙筒を燃やして運転手らを遠ざけ、輸送車を運転して立ち去る。どこかに乗り換えの車を用意し、警察の追跡を撒く。

「乗り換えの場所については標的が決まってからだ。そもそも襲う場所が決まらないと仕方ないからな」

「白バイの係はどっちがやる？」

「おれだな。いざとなったら喧嘩で勝てる」

「失礼な奴だ。おれが弱いみたいに聞こえる」

「慣れの問題ってことにしとけ」

「ふん。バイクは乗れるんだったよな」

上京してから機会はないが、地元で散々乗り回してきた。

「じゃあ、当日のおれの仕事は？」

「とりあえず乗り換えの場所で待機かな。一秒でも早くズラかりたい」

わかった、と頷いてから藤本はいった。

「やっぱり、脅迫されてる標的が要るな」

「競馬場の輸送車でも成功する確率は上がった」

「いや。おれはお前の考え通りにいきたい。この計画は、なんというか、すごい」

「よせよ。しょせんは素人の、それも卑怯なやり方だ」

「犯罪なんだ。卑怯じゃないわけがない。でも、賢いか馬鹿かでいえば、賢い気がする」

「スマート、か？」

「ああ。そうだ」藤本が拳を突き出してきた。「どうせなら完璧にやろうぜ」

芳雄は口元をゆるませ、自分の拳をぶつけた。

5

車と違いバイクには偽装を施さなくてはならない。藤本が銀行員の息子から聞きつけた窃盗グループのたまり場へ二人で出向いた。

情報は正しかった。立川市内の廃屋の裏にビニールのシートが被せられたバイクがいくつも並んでいた。

「どれにする？」藤本に訊かれ、「白バイはホンダだったと思う」芳雄は懐中電灯で照らしながら、容赦なく体温を奪っていく真夜中の風も忘れ、夢中でお宝を探した。

「何してるっ！」しばらくして怒鳴り声が響いた。芳雄はとっさに懐中電灯を藤本に押しつけ、声のほうへ一目散に走った。ジャンパーを着た若い男が一瞬怯んで、それから構えた。芳雄の右手はすでに伸びていた。相手の手首を摑んで捻り、坊主頭が下がったところに間髪を容れず左手を滑り込ませ喉を一気に締め上げた。そして金的を蹴り上げた。

「逃げるぞっ！」自分のバイクに跨った藤本が叫び、芳雄は白目を剝く坊主頭を地面に転がした。藤本が選んでスターターとエンジンを無理やり直結させた盗難バイクがヘッドライトを灯していた。芳雄は飛びついてアクセルを全開にした。

「せっかく仲間を呼べないようにしたのに、お前が叫んだら元も子もないじゃねえか」

「知らねえよ。それにしても見事な手際だったな。おれの直結技術には負けるけど」「でもこれ、ヤマハだぞ」「嘘つけ。ホンダだよ」「ヤマハだって。それも青だ。何してんだよ」「固いこというな。幸せの青いバイクさ」

　追手が来ないのをいいことに、並んで走ったまま戯言をぶつけ合った。

　職場の隅にヤマハを隠し、夜、社長が帰ってから塗装をした。街に出て白バイを観察してきた藤本が「なんか、もっとこう、アレだな」などと役に立たない感想をもらし、

「こういう白バイもあるんじゃないか」芳雄も適当に返した。

「だからホンダにしろといったんだ」「あんな状況で贅沢いうなよ。なんならもう一回行くか？」「お断りだ。見つかった時はおれも肝が潰れそうだった」

それだけ怖い思いをして手に入れたのだ。藤本のいう通り、このヤマハはきっと幸運を運んでくれる気がして、立派な白バイに化けさせてやろうと芳雄は決めた。

「もっと雰囲気がほしいな」「なんだよ、雰囲気って」「偉そうな感じさ。たとえばスピーカーみたいなのをつけたらどうだ？」「そんなもん白バイにあったか？」「なくてもいいんだよ。大事なのははったりだろ」

それはそうかもしれない。結局、藤本の発案でデモに使うトラメガをくっつけることにした。

あらかた完成すると「試運転しよう」と藤本がいい出した。目立ってろくなことはないぞと渋りながら、芳雄もその気になった。工場に置き捨てられているそれっぽいジャンパーを着込み、白く塗ったヘルメットをかぶり、白バイに変身したヤマハを発進させた。藤本が後ろに乗った。二ケツの白バイなんていない。それでも藤本は乗せろといい、芳雄はしょうがねえなと応じた。

夜中の国道を飛ばした。後ろの藤本が「ひょう」とか「やあ」とか奇声をあげるものだから、完全にカミナリ族だ。芳雄は繰り返し「うるせえ」と怒鳴り、藤本は張り合うように奇声をあげた。

一度だけ、藤本の生家について聞いたことがある。北陸の漁村で、父親は網元だったが戦争で没落し、今は掘っ立て小屋みたいな家で寝たきりになっているらしい。兄弟は方々に丁稚（でっち）に行かされ、藤本はその前に逃げ出してきたのだそうだ。母親がたった一人、死にかけた父親の面倒を見ている。あの歳なら売春はできないのが救いだ、と藤本は暗い笑みを浮かべ、いつか楽をさせてやると酒を呷っていた。

「笠井！」後ろの藤本が立ち上がった。「飛べそうだな」

「本当に飛ぶなよっ。百パーセント死ぬぞ」

「今なら大丈夫な気がする」時速六十キロで吹きつける夜風を全身で受け止めるように、藤本は両手を広げた。

「馬鹿！　落ちるぞ」

「いいや。昇ってるのさ」

ヘッドライトのほか明かりはなく、真っ暗な一本道はどこまでも続く宇宙のようだった。トリップだ、と芳雄は思った。二人で手に入れた最高のマシンで、おれたちはワープしている。「イカしてるぜ」藤本が呟いた。「イカれてるの間違いだ」芳雄は返した。

いいや、イカしてる。藤本の声なのか自分の声なのか、もうわからなかった。

6

喫茶店で新聞を広げている男を思い出すまでに、少し時間が必要だった。芳雄は席を立ち、彼の対面の椅子を引いた。

「おれを覚えてるか？」

サカキはびっくりしたように目を丸めると、口元を引きつらせて「ああ」ともらした。

「てっきり籠城してるのかと思ってた」

「大学に？　くだらない」

新聞を畳み、サカキはコーヒーカップを摑んだ。口へ運ぶ手がかすかに震えていた。

「農協に送った脅迫状は効いたか？」

「なんのことかな」

そっぽを向くサカキへ、芳雄は身を乗り出した。「企業恐喝してたんだろ」

「だから、なんのことだよ」

「ごまかすなよ。上手くいったのか訊いてるだけだ」

「よしてくれ。ぼくは関係ない」

「関係ないってことはねえだろ。ひと仕事しようと誘ったのはそっちだぞ」

芳雄は受け皿に乗ったスプーンを逆さに持って、サカキへ向けた。

「脅しのつもりかい」

「脅しですんだらいいと思ってるよ」

サカキがじっとこちらを睨んだ。芳雄も負けじと睨み返した。

ふいにサカキから力が抜けた。

「もう終わった」

「終わった？　上手くいったのか」

「違う。やらなかった」

「え？」

「農協の件を耳にして真似しようかと考えた。運動資金が底をつきかけていたし、いろんなところへ返さなくちゃならない義理立てもあったからね。一攫千金を狙ったのさ。けど、やめた」

「なんでだ」

「まさか君、何かするつもりなの？」

芳雄は口を結んだ。スプーンから手は離さなかった。

　サカキが呆れたように笑った。

「やめといたほうがいい。知らないのか？　農協に脅迫状を送った連中は五回も金を要求して、けれど結局、一度だって受け取りの場所にやって来なかったらしい」

「びびったってことか」

「違うと思う。きっと無理だったんだ」

「無理？」

「そう。警察を甘く見てた。警察というか、体制だ。公安だって動いただろうし、今や当局は反権分子を刈るのにヤクザの手を借りてる始末だ。あいつらは容赦ない」

「無理ってのはどういう意味なんだ」

「だから、無事に金を手にすることなんて無理だって悟ったんだよ。子供でもわかるだろ」

「おい」芳雄はテーブルを軽く叩いた。「馬鹿にした口ぶりはやめろ」

「君を馬鹿にしてるわけじゃない。全部だ」

　全部だ、とサカキは繰り返した。

「何もかもさ。運動も政治も戦争も、なるようにしかならない」

「――だから、そんなナリになったのか」

「似合うだろ？」

すっかり短くなった髪を撫でるサカキの口ぶりに、かすかな強がりの響きがあった。

「この世の中に革命はあったし、革命家もいた。ロベスピエールにレーニン、毛沢東……。この先、新しい英雄が生まれないとは限らない。だけど、ぼくじゃなかった。それだけのことだよ」

腰を浮かせたサカキを、芳雄はもう追う気になれなかった。背広を着たかつての運動家が、薄い笑みを残し芳雄の横を過ぎていった。


「こんなものを読むようになったの？」

テーブルに置きっぱなしの新聞紙を見て、奈美が尋ねてきた。

「前の客の忘れものだ」

「ふうん」

サカキが座っていた席でコートを脱ぐと、奈美はぼんやりとした様子で頬杖をつき、窓の外へ目をやった。とっくりのセーターから覗く白い首筋が、妙な色気を放っていた。届いた紅茶をスプーンでかき回す仕草は手持無沙汰といった雰囲気だった。

「なんの用だよ」芳雄はぶっきらぼうに訊いた。

「用もなしに会っちゃ駄目？」

「ずっと連絡もなかった」

「あなたこそ」

「おれは――」いいかけて顔を逸らした。「忙しかった」

「わたしだってそう。いろいろね」

すうっと沈黙がおりた。二人でよく待ち合わせに使った喫茶店の、見慣れた内装や座り慣れた椅子が、なぜかよそよそしく感じられた。何かが決定的に変わってしまっていた。芳雄はそれを言い表す言葉を探したけれど、見つけたとたん現実になりそうな気がして、考えるのをやめた。

「就職が決まりました。春から働きます」

畏まった口調で奈美が告げた。「そうか」と芳雄は返した。「今日はその報告ってわけだ」

「お祝いしてくれとはいわないけど」

奈美を見ることができない、子供な自分が嫌になった。

「あなたはどうなの、最近」

「……東京を離れるかもしれない」

「実家に帰るの？」

「かもしれない。いや、たぶん、それはないけど」

「じゃあ、どうするの？　仕事は？」

「今の所は辞める。そのあとは——何かする。何か」

「そう……」ともらして奈美は黙った。芳雄も外を見たまま、口を結んだ。

「仕事は続けてほしいけど」

「関係ないだろ」

「なぜ？」

「なぜって……」

「わたし一人では無理よ」

その言葉の意味がわからなくて、芳雄は奈美を見た。

「アパートを借りるなら、二人で働かないと」

「え？」

「一緒に暮らしましょうよ」

あまりにも自然にいうものだから、芳雄はぽかんと口を開いてしまった。

「ウチの親は反対するでしょうから、自分で稼がないとね。ちゃんと仕事をして、生きる手段を身に付けて、初めてわたしたちは選べるんだと思うの」

だから——と奈美が続けた。

「あなたも選べるようになってほしい。自分の人生を。そしてできれば、わたしを選んでほしい」

奈美が真っ直ぐ芳雄を見つめてきた。

「今度はあなたから連絡をください。待っています」

伝票を手に奈美が立ち上がり、芳雄は固まったまま、彼女がテーブルに滑らせたメモを見つめていた。素っ気なく、電話番号が記してあった。


渋谷から新宿にあるジャズ喫茶まで小一時間歩いた。薄暗い店内には素性の知れない若者がたむろし、煙草の煙が目に染みた。

「珍しいな」藤本が迎えてくれた。

「かかってるのはなんだ？」

「お前にジャズがわかんのか？」

藤本が口にした横文字のバンド名は、一秒もせずに芳雄の記憶から消えた。

「サカキに会ったよ」

「本当か？」

「運動はやめだってさ」

「そうか……」

ちょっと待ってろ、と藤本が奥に引っ込んで、芳雄はもしかしたらもう二度と聴くことのないトランペットの音色に身を浸した。

「飲めよ」戻った藤本が、残りわずかになったウイスキーのボトルを差し出してきた。

「くすねてきた」

「クビになるぞ」

「ちょうどいい」

「だな」

携えていた新聞紙を差し出すと、藤本は訝しげな顔をした。目で促し、記事を読ませる。やがて藤本は「おっ」と声をもらした。

サカキが置いていった新聞紙に載った記事——それは都内の銀行に現金数百万円を求める脅迫状が届いていたという内容だった。

「企業じゃなくてよかったんだ」

芳雄はウイスキーを喉に流してから呟いた。

「銀行でいい。銀行が脅されていたら、それで充分だ」

藤本のギラついた目がこちらを向いた。

「やるのか？」

「これ以上の条件はないだろ」

「いつ？」

「給料とかボーナスを運ぶって、お前いってたじゃないか」

藤本が唾を飲んだ。

「輸送車が銀行を出たところを狙うんだな？」

芳雄は頷いた。「次のチャンスで決行だ」

「次って、早すぎないか？」

「そこはギャンブルだ」

不規則に思えるドラムのソロが流れ、芳雄は静かな酩酊を感じながら藤本に笑ってみせた。

「大丈夫だよ。おれたちは」

「――早上がりしてくる。前祝いをしようぜ」

一人残された芳雄は天井を見上げた。たった一口のウイスキーで頭がくらくらしていた。白い煙がそこら中から立ち上って、視界はぼやけていた。笑い声がしたし、怒鳴るようにまくし立てる議論の声もあった。音楽はピアノの甲高い音色に変わっていた。何が良いのか、さっぱりわからない。グループサウンズのほうがよほどいい。

藤本が見せた興奮や高揚が、自分の中にまったくないことが不思議でしようがなかった。今、この身体に満ちている空白の正体がわからずに、芳雄は戸惑っていた。一方で頭の醒めた部分を、妙にはっきりとした確信がよぎっていた。

たぶん、おれたちは失敗する。

なぜかそれは、動かしがたい必然のように思われた。

後戻りなんてできやしないんだ——。

芳雄はそう思おうとしたけれど、そこにはやはり、興奮も高揚もなかった。

——一緒に暮らしましょうよ。

なぜ、頷けなかったのだろう。わからなかった。金を摑んで、自分は何をしたいのだろう。それとも金を摑むことそれ自体を、おれは求めているのだろうか。

この計画をやり遂げたら、人生は変わるのだろうか。しかしいったい、どんなふうに。

「飲もう」

戻って来た藤本とともに、芳雄は街へ繰り出した。

7

二日酔いで寝坊し、出勤したのは昼過ぎだった。社長から散々文句をいわれ、奥さんにも嫌みを投げつけられた。そこになんの苛立ちも感じない自分が意外だった。

残業を命じられ、社長たちが帰った後、一人で黙々と作業を続けた。こうした日常がもうすぐ終わりを告げるのかと思うと、未練のようなものを覚えないでもなかったが、はたして惜しんでいるのか恐れているのか見極められず、宙に浮いた気分のまま、ふらふらと時間をやり過ごした。

少し呆けていたのだろう。どぼん、と深い水たまりを踏んづけた。靴の中がびしょ濡れになった。気色悪い感触がした。なんとなく、唾を吐いた。

替えの靴がないかと事務所へ向かった。社長の腐ったシューズしか見当たらず、やる気が失せた。ひと息つこうとラジオをつけた。夜のニュースが始まった。芳雄は突っ立ったまま、呼吸も忘れ、それに聞き入った。

本日午前九時三十分頃、東京都府中市栄町、学園通り、土砂降りの雨の中――。

日本信託銀行国分寺支店を出た現金輸送車が白バイに命じられ停車。白バイ隊員を装った男は「爆弾が仕掛けてある」などといって運転手らを遠ざけ、発煙筒を焚いた。煙を前に立ちすくむ面々と偽装した白バイを残し、男は輸送車を運転し逃走。いまだ捕まっていない。

輸送車には東芝府中工場のボーナス、およそ三億円が積まれていた。

誰もいない事務所で、芳雄は身動き一つとれずにいた。こんなに寒いのに、だらだらと汗が流れた。

やがて理解した。

おれたちは、誰かが組み立てた犯罪を、偶然その通りに実行しようとしていたのだ。まったく同じ手口を使ってやろうとしていたのだ。違いはただ一点、ボーナスがなんなのか知りもしないおれたちの狙いが、次の給料日だったことだけ。あと二週間、もしもそれだけの猶予があったなら、これはおれたちの事件だった。

だが、そうじゃなかった。

立ちくらみを覚えた。頭は真っ白で、身体に力が入らなかった。

芳雄はふらふらと事務所を出て、工場の外、廃車置き場に隠してあるビニールシートを取り払った。

白く塗られたヤマハが、そこにあった。

芳雄は跨って、エンジンを入れるためにペダルをキックした。かからなかった。雨のせいなのか故障なのか、ついこの前、藤本と試運転した時は快調だったエンジンは、ウンともスンとも鳴いてくれない。

キックしながら、芳雄は心の中で呟いた。

おれたちじゃなかった。

おれたちじゃなかった、おれたちじゃなかった……。

藤本に報せなくては。

それとも奈美に会いに――？

呆然とする心の片隅に芽生えた安堵を持て余し、芳雄はヤマハのエンジンペダルを、いつまでもいつまでもキックし続けた。

でこぼこの地面にできた水たまりが、その姿を映していた。

欲望の翼

池田久輝

池田久輝（いけだ・ひさき）

一九七二年京都府生まれ。九八年、同志社大学法学部政治学科卒業。九九年、朗読ユニット「グラス・マーケッツ」を結成。〝池田長十〟名義で現在も活動中。二〇一三年『晩夏光』で第五回角川春樹小説賞を受賞しデビュー。一七年、「影」で日本推理作家協会賞短編部門候補となる。他の著書に『枯野光』『まるたけえびすに、武将が通る。——京都甘辛事件簿』『虹の向こう』『ステイ・ゴールド』がある。

一

激しい音が鳴っている。ガンガンと鉄板を叩くような甲高い音。伊東真一(いとうしんいち)は薄く目を開け、腕時計を見た。

午前三時過ぎ。こんな時間に一体何事だ。住人同士の小競り合い、あるいは酔っ払いの仕業か。ここの住人たちが総じて騒がしいのは既に痛感していたが、さすがにこの時間では腹が立った。

「うるさい！　何時だと思っている！」

伊東は怒鳴りつけ、ベッドで寝返りを打った。

「先生！　先生！」

男の声が聞こえた。そしてまた、あの耳障りな音が続く。伊東は大きく息を吐いた。住人たちの揉め事ではない。騒音の正体は伊東の部屋のすぐ前にあった。誰かが扉を叩いているのだ。

「診療時間は終わっている」

「開けてくれ！　お願いだ、先生！」

男がそう繰り返す。まだ覚めていない頭でも、緊迫している様子は感じられた。伊東は仕方なくベッドから起き上がった。

「先生、早く！」

「うるさい。今、開けてやるから待て」

短パンにTシャツという部屋着のまま、伊東は玄関へ向かった。扉は二重になっており、外扉は鉄の格子である。伊東は眠い目をこすりながら、手前の扉を引いた。

「先生！」

汗だくになった浅黒い顔が格子の間にあった。上の階に住んでいる患者の一人、林（ラム）という男だった。

「こんな時間に大声を出すな。迷惑だ」

「でも、日本人（ヤップンヤン）先生——」

「急患か？　どこが痛む？」

「違う。おれは何ともないよ」

林は乱雑に額の汗を拭い、困ったような表情で視線を落とした。その先に、一人の男が横たわっていた。Tシャツにスラックス。そのどちらもが黒く汚れている。

「何だ、この男は」

「外で倒れてたんだ。だから――」

「酔っ払いか。放っておけ。朝には目が覚める」

「違うんだ。息をしてるのかどうか……」

「何？」

　伊東は錠を外し、格子扉を開いた。確かに酔っ払いではなさそうだった。アルコール臭がまったくしない。漂ってくるのは生ごみや魚の腐敗臭、そして、この通りに染みついた生活臭だ。

「とにかく中に入れろ。診療室に運べ」

　診療室といっても、ひどく簡易なものである。二つしかない部屋の一つ、リビングを診療室代わりに使っている。それ故、診療台のすぐ傍は台所だった。伊東はそこで手をすすぎ、何度も顔を洗った。

　林が診療台まで男を引きずった。恐らくは、そうやって二階のこの部屋まで運んで来たのだろう。だからこそ男の服が汚れており、また、ひどく臭いもするのだ。

　二人で男を担ぎ上げ、台に乗せた。

「服を脱がせろ。無理ならこれで切れ」

　言って、伊東はハサミを差し出した。林はそれを受け取るなり、Tシャツを刻み始めた。

はだけた胸に手を置く。呼吸はかなり浅いが、かろうじて息はある。伊東は、やかんに溜めていた飲料水を茶碗に注いだ。

「飲めるか？」

返事はなかったが、男の口にゆっくりと流し込んだ。半分ほど零れてしまったが、残りは男の喉を通った。その作業を三度ほど繰り返した。

「どう、先生？」と、林が心配そうに訊く。

「分からん。とにかく、このまま少し様子をみる。まったく、素通りすればいいものを」

「そんな、放っておけないだろう」

林は仕立屋だけあって、ハサミの扱いに慣れている。器用にスラックスも切り、男は下着一枚という姿になっていた。

「どうして俺のところへ運んで来た？」

「どうしてって、先生は医者じゃないか」

「ああ、そうだ」と、伊東は林の口元を指差した。「だが、医者といっても歯科医だ。この前、お前の虫歯を抜いてやったこと、もう忘れたのか」

「覚えてるよ。ほら、腫れも引いた」

林は小さく微笑み、頬を見せた。その頬はまだ汗に濡れている。

「歯医者でも同じ医者に変わりないだろう？　だからおれ――」

「一緒にするな。それぞれ専門分野が決まっている。俺に手術はできない」

「え、この男、手術が必要な状態なの？」

ちっと舌を打った。説明するだけ無駄だった。伊東は診療台の男をじっと見つめた。

「知り合いか？」

「いや、ここの住人かもしれないけど、おれは会ったことがない」

意識が飛んでいるせいか、男は目を閉じたままだった。伊東はそのまぶたを強引に開き、電気スタンドの光を当てた。瞳孔は反応を示している。しかし、この先どうなるか分からない。いや、処置の仕方が分からない。林に告げた言葉は正しく、自身の苛立ちの裏返しでもあった。

「この男はどこにいた？」

「そこの大井街（タイチャンストリート）だよ。南の入口でくたばってた」

「何か喋ったか？」

「誰かの名前かな。時々ぶつぶつ言ってたけど、聞き取れなかった」

伊東は男の全身を見下ろした。胸や足にいくつか痣があったが、いずれも打撲による内出血であろう。こうして横たわるほどの傷ではない。おかしい、そう思っていると、床に散ったTシャツの切れ端が視界に入った。

その一片を拾い上げるなり、はっとした。

「男を裏返せ。うつ伏せにしろ！」

引きずられて来たせいで黒く汚れているのだと思っていた。だが、違った。血だ。うつ伏せにされた男の背中には――銃痕が一つあった。

「男の背中に水をかけろ！」

「はい！」

何度も通院しているせいか、林は既にやかんを握っていた。伊東は戸棚から綺麗なタオルを取り出し、林に投げつけた。

知らず、また舌打ちが零れていた。この男はただの怪我人ではない。銃で撃たれるようなことをしでかしたのだ。

「厄介なものを拾って来やがったな！」

思い切り吐き捨てた。が、今更もとの場所に戻して来いとも言えない。伊東は一本のプローブを握った。先端がフック状に細く尖った診療器具である。

林が男の背に水を流し、丹念にタオルで拭った。出血はかなり収まっている。既に大量の血液を流したということか。そうであるならば、男は長く持たないかもしれない。

「林、男を押さえていろ」

伊東は麻酔を使わず、銃痕の中へプローブを突っ込んだ。

男は一度、呻き声とともに体を跳ね上げたが、その後はまた意識を失った。

比較的浅い位置で弾は留まっているようだった。恐らく、臓器には達していないだろう。しかし、あくまでも歯科医による判断だ。

「血を拭け！」

林が傷口にタオルを押し当てた。伊東はその隙間にピンセットを滑らせる。

「よし、そのままにしてろよ」

それから数分、どうにか弾丸を取り出した時、伊東の全身から汗が滴り落ちていた。

「……助かる？」

「分からん。俺ができるのはここまでだ。仮にこの男が死んでも、俺のせいにするな」

伊東は傷口を縫合しながら言った。

「有難う、日本人先生」

「お前が礼を言う必要はない。ところで林、この男を追いかけて来るような奴らはいなかったか？」

男は背後から撃たれている。この付近で銃声など聞かなかった。耳にしていれば、伊東の目はそこで覚めた。となると、男は別の場所で弾丸を撃ち込まれ、この城まで逃げて来た可能性が高いだろう。背中にめり込んだ弾の深さを考えれば、至近距離からの射撃ではなかったはずだ。

「いなかったと思う」と、林が首を横に振った。「でも、こんなのが入ってた」

林がシャツの胸ポケットから、一枚の紙切れを抜き出した。

「さっき切った男のズボンの中に」

どうやら、新聞の切り抜きのようだった。何度も読んだのか、無数のしわが走っており、随分と黄ばんで見えた。昔の新聞なのかもしれない。

その紙を広げた瞬間、伊東は息をのみ、目を瞠（みは）った。

見慣れた文字——そこには日本語で、「現金輸送車の三億円奪われる」と書かれていた。

2

日本人先生――そう呼ばれるようになって、どれくらい経ったのか。

　この魔窟に潜り込んだのが約七年前、一九六九年の三月だ。その当時も今現在も、伊東の他に日本人はいない。いや、いないはずだった。住人と住居がひしめき合い、無限に増殖を繰り返すことで巨大化していくこの城において、住人のすべてを把握するなど不可能だった。ここで生まれ育った林でさえ、住人の三分の一も知らないという。そこに日本人が住みついたのだから、珍奇に映るのも無理がなかった。

　伊東は寝室のベッドに寝転びながら、タバコを吹かしていた。壁の扇風機がたちまちその煙を蹴散らかす。十二月の初旬であるが、扇風機は年中回転し続けている。それほど、空気が滞留しているのだ。

　光が差さず、風も通り抜けない。息苦しいだけの狭い部屋と、常に生活用水に濡れた通路。こんな薄暗い洞窟の中に、三万人以上が暮らしている。

　暗黒の迷路――九龍城砦（ガウロンセンジャイ）。

　いつの間にか、伊東もすっかりここの住人になってしまっていた。日本人先生という愛称こそがその証しでもあった。

　昨晩、いや、今朝早く運ばれて来た男はまだ診療台で眠っている。先程確認したところ、呼吸は安定しつつあった。傷も化膿している様子はない。が、予断は許されない。

何せ、ありあわせの器具を使い、ありあわせの知識で施術したのだから。

少し眠ろうと思った。疲労感もある。しかし、妙に神経が冴えていた。興奮状態は過ぎ去ったはずなのに、伊東の脳裏を刺激するものがある。

それはもちろん、男が持っていた〈三億円事件〉の新聞記事だった。

一九六八年十二月十日、東京都府中市で起きた未曽有の事件。当時、伊東は二十四歳だった。

連日の報道の過熱ぶりや、各紙の一面に躍った見出しは今でも記憶に残っている。それほどに強烈な熱を放つ事件だった。伊東の知るどんな事件よりも、ずっと。

伊東はベッドから起き上がり、診療室へと歩いた。台の上で眠り続ける男を見下ろす。

この男、日本人だろうか——まさか、この男もあの事件の熱に浮かされた口か。自分も何か大きなことをしでかしてやろうと……。

男は変わらず下着のままだった。仕立屋の林が着替えを一式持って来てくれたが、着せるのも面倒なのでそのままにしていた。

中肉中背で、どこにでもいるような普通の男に見えた。まぶたを閉じているが、全体的に柔和な顔をしている。年は四十代半ばくらいだろうか、優しげな父親といった印象が先に立つ。どう見ても、銃弾を撃ち込まれるような男には映らなかった。

「――先生」

　控え目なノックの音が聞こえた。その音で訪問者が分かった。ここの住人たちは皆、迷惑など顧みずに激しく叩く。その中で、これほど優しくノックする人物は、伊東の知る限り一人しかいなかった。そして同時に、あまり会いたくない一人でもあった。

「今日は休診だ」

「歯を診てもらいたい訳ではありません。少し訊ねたいことがありまして」

「ならば、そこで言え。扉越しでも会話はできる」

「私としては対面して話したいのです」

　逆らったところで勝てる相手でない。それは十分に理解している。しかしそれでも、従順な態度はとりたくなかった。

「俺はあんたの顔など見たくない」

「ほう、随分嫌われたものですね。そうですか、開けて頂けないとなると――壊すしかありませんね」

「待て」

　伊東は大声で制した。この男ならばやりかねない。扉の一枚や二枚、破壊するのは朝飯前だ。それだけ血の気の多い連中を従えている。

内扉を開けた。格子の間に、髪をすべてうしろに撫でつけた男の顔が現れた。

王健(ウォンキン)――この九龍城砦の南西ブロックを牛耳っている男だった。

「中に入れてもらえませんか」

「あんたの希望通り、これで対面できたろう。中に入る必要はない」

「いえ、私はその男に用があるのです」

王が格子の隙間から診療台を指差した。

ほんの数時間前のことなのに、もう王の耳に入っているとは思いもしなかった。王の持つ力は絶大だと分かっているが、これほど隅々にまで及んでいるとは驚くしかなかった。

「先生、ちゃんと報告して頂かないと」

「男の意識が回復し、事情を訊ねた上で、あんたに言うつもりだった」

「そうですか。まあいいでしょう。ですが、何か異変があれば、すぐに知らせてください。そうやって、ここは秩序が保たれている」

確かに王の言う通りだった。九龍城砦はいくつかの区画に分けられており、そのブロックごとに統治する組織が存在し、ボスがいる。他のブロックがどういう風に分割され、誰が治めているのか、伊東は知らない。だがその中でも、この南西ブロックは比較的平和な一帯だった。認めたくないが、その大きな要因が王にあることは間違いなかった。

「いいだろう。しかし、入るのはあんただけだ。そいつらは入れるな」

伊東は格子扉を開け、王の両側に立っていた連中をあごで指し示した。

「構いませんよ」

王は引き連れていた部下に「ここで待て」と言い置くと、何の遠慮も見せず足を踏み入れた。

「生きているんですか？」と、王が訊いた。

「どうにかな。で、この男に何の用だ」

「何か喋りましたか？」

「いいや。あんたの部下か？」

「目を覚ますまでに、どれぐらい時間がかかりますか？」

まるで会話が嚙み合わなかった。王からすれば、望んだ情報だけを素早く手にしたいのだろう。

「あんた、俺が歯科医だと分かっているだろう。いつ目を覚ますかなんて知らん。ここには十分な器具がない。ろくな処置もできん」

「必要ならば用意しましょう」

「それよりも、大きな病院に連れて行け。きちんとした医者に診せろ」

「あなたのようなモグリの歯科医と違って、ですか」

「――モグリだと？」

「違いましたか？　開業許可はおりていないはずですよ」

王を睨みつけた。一重のわりに大きな目をしている。その黒々とした瞳は微動だにしない。じっとこちらを見つめ返す視線には、何の感情も読み取れなかった。

「他に要るものはありますか？」

王が静かに続けた。誰のおかげで開業できている、そんな脅し文句を口にしない分、却って恐ろしくもある。王に関する冷酷な噂はいくつも耳にしたが、それらを信じてしまうのはまさにこんな時だった。

「実際、俺はあんたに金を払って、ここを開業した。許可を出したのはあんた自身だ。それをモグリ呼ばわりするとは失望した」

「なるほど、そういう見方もできますね」と、王が一つ頷いた。「謝りましょう。先生の腕は確かです。評判通りに」

嬉しくも何ともなかった。家賃を含め、稼いだ金の大半が王の懐に入っていく。この界隈では、王へ金を払わない限り生活できないのだ。それを思うと腹立たしさしか残らない。

「鎮痛剤と綺麗な包帯を用意してくれ」

「いいでしょう。届けさせます」

王はしばらく口を噤み、横たわった男を見つめ続けていた。何を考えているのかまったく分からない。王と男は一体どういう関係なのか？　部下、あるいは赤の他人か。いや、他人であるならば、わざわざ出向いては来ないだろう。ということは――。

「邪魔をしました」

王はそう言い残すと、あっさり部屋を出て行った。その背を見送りながら、弾丸のことを告げようとしたが、思い直した。王のことだ、既に知っているに違いなかった。

扉の先に林の姿があった。男を心配して見に来たのだろう。林は王に向かって深々と頭を下げていた。

3

「そうか、お前が王に知らせたのか」

伊東はタバコを咥え、長く煙を吐いた。

「先生、怒ってるの?」

「いや、怒っている訳じゃない」

「ここに住んでる以上、やっぱり王さんに知らせておかないと」

錆びたパイプイスに座った林が天井を指差した。王の事務所は五階にある。伊東も何度か訪れた。電話と机が置かれているだけで、ひどく殺風景な空間だった。住居は他にあるらしい。多分、この城の外に。

「王さんがいるからこそ、おれたちはこうやって――」

「分かっている。だが、俺はどうにも王という人物が好きになれない」

「どうして？　おれはいい人だと思うけど」

伊東は何も答えず席を立ち、吸っていたタバコを林の口に差し込んだ。

「仕事の合間で構わない。男の様子を見てやってくれ」

男は変わらず下着のまま、診療台で眠っている。

「分かったよ、先生」

「何か喋るようであれば、記録しておいてくれ。部屋の鍵を預けておく。盗られるような金目のものはないが、用心のためだ」

伊東は外鍵と内鍵の二本を林に渡し、部屋を出た。

階段を下りると大井街に出る。名前のない通路が縦横無尽に走る九龍城砦の中にあって、例外的に名を持っている通りの一つだった。

しかし、だからといって特徴がある訳ではなく、他の通路と同じくごみが散乱し、薄汚く、薄暗い。そして、どこまでも濡れている。その原因はクモの巣のように天井を這うパイプ管である。そこから水が漏れているのだ。

そして、この水こそが王の持つ絶対的な力の象徴でもあった。

王は水道を一手に握っていた。屋上に設置された貯水タンク、地下にある井戸を含め、この南西ブロックに行き渡る生活用水のすべてを支配しているのだ。

水を止められては何もできない。だからこそ、住人たちは王に頭を下げる。そうして住人たちが大人しくしている限り、王もまた蛇口を閉めることはない。このブロックが平和的なのは、すべての部屋に行き渡った水とパイプ管によるところが大きかった。

大井街から龍津道（ロンチエンロード）に出た。九龍城砦の外、南側の通りである。林はこの付近であの男を拾ったと言っていた。伊東は視線を落としつつ、周囲を歩いた。残されているであろう血痕を捜すためだった。

「何をやってるんだい？　日本人先生」

何人かに声をかけられた。いずれも伊東の患者だった。

「昨晩、この辺りに男が倒れていたようだが、知らないか」

伊東はそう訊ね返したが、誰もが首を横に振るだけだった。

空を仰いだ。いくつもの部屋から、竿が突き出ている。そこにぶら下がった無数の洗濯物は圧巻だった。その光景が一〇〇メートル以上も続いているのだから、凄まじいとしか言いようがない。洗濯物の隙間に覗く空は青く、どこまでも澄んでいる。城の中とは正反対に。

ようやく、血痕らしきものを見つけた。

南の方へと続いているようだった。

城の外、南西側一帯はこれから公園になるという。そのための造成が始まるらしく、いくつかの重機が見られた。土を掘っているのか、あるいは穴を埋めているのか知らないが、土の山がいくつもできている。血痕はその山を縫うように残されていた。

更に南へと歩く。滴ではなく、ちょっとした黒い塊になっている場所があった。男がここで休んだ痕跡であろうか。この血痕が男のものであるならば、相当な距離を歩いて九龍城砦にやって来たことになる。

一体どこから——いや、そもそも、あの男はどうして撃たれることになったのか。

突然、ごうっという重い音が降ってきた。この先には啓徳空港がある。そこへ着陸しようとする旅客機のエンジン音だった。

同じように旅客機に乗り、この地に降り立って以来、一度も日本へは帰っていない。七十歳近い両親はどうしているだろうか。ふと、伊東は思った。

定期的に両親から郵便物が届く。今の診療所を開いた時、住所だけは知らせていた。送られてくる文面を読む限り、両親ともに健康でいるようだった。伊東とは異なり、立派な街の歯科医である。だが、言葉通り受け取ってよいものか。両親の性格を考慮すれば、心配をかけまいと嘘を書いている可能性も十分にあった。そう思うと、胸が痛かった。

界限街（ガイハンストリート）に出たところで、一軒の食堂に入った。窓ガラスにひびが入り、今にも崩れそうな外観であったが、そこから覗く店内は比較的綺麗だった。

海老のワンタン麺と瓶ビールを注文し、席についた。部屋から持参した古新聞をテーブルに広げる。日付は今年の八月二十五日となっており、一面の見出しには、「未だ容疑者なし」とある。両親からの郵便物の中に、包み紙として入っていたものだった。

運ばれて来たビール瓶に口をつけ、何気なく記事に目を通す。

〈三億円事件〉の経過に関して、特別な興味を持っていた訳ではない。是が非でも犯人や真相を知りたいとは思わなかった。

しかし、事件が起きたという「現実」については違う。

三億円もの巨額を手にした人物が存在する——その現実が伊東を変えた。体内の血液がふつふつと泡立ち、少々歪な形で沸騰してしまった。

受験浪人を重ね、どうにか三流の医大に滑り込んだものの、まるで勉強する気になれず、留年を繰り返した。そんな人生に飽き飽きしていた。両親の敷いたレールの上を歩くことに疑問を持っていたせいもある。そこへ、あの事件が起きたのだ。

記事を目にするなり、一瞬にして爆発が起きた。つまらない日々のすべてが粉々に砕け散った。人の歯を覗くだけの人生などまっぴらだ。こんな毎日はもううんざりだ。もっと奇天烈で、もっと愉快なことをしでかしてやる。何でもいい。世間があっと驚くような何かを——そう思った。

だが、しかし——。

七年が過ぎ去ろうとする今、そうして海を渡った目的さえ忘れかけている。あれほど燃え盛っていた炎も、すっかり鎮まってしまった。自分は一体、何のためにここにいるのか。結局は他人の歯を抜き、あれほど嫌っていた生活を送っている。王の言った通り、モグリの歯科医として。正式な認可どころか、自分は日本の医師免許すら持っていないのだから。

ふっと長く息を吐き出した。

これからも俺は、この薄暗く窮屈な迷路の中で迷い続けるのだろうか……。

ビール瓶を一気に傾け、タバコに火を点けた。ワンタン麺がテーブルに置かれていたが、箸をつける気になれなかった。

「すまないが、電話を貸してくれ」

退屈そうにしている若い店員に声をかけた。

「ああ、そこだよ」

埃だらけの冷蔵庫の上に黒電話があった。伊東は礼を言い、一ドル硬貨をその店員に放り投げた。

番号を回すと、すぐに応答があった。

「林か。男の様子はどうだ？」

「変わりはないよ」と、林が答えた。

「分かった。まだしばらく頼む」

電話を切った。その横に並んでいたアルミの灰皿にタバコを捨て、席に戻ろうとした。と、伊東の足が止まった。

ガラス窓の向こうに妙な男の姿があった。先程の伊東と同じように、じっと地面を見つめて歩いている。伊東は料理を残したまま、食堂を飛び出した。

4

髪を短く刈り込んだ男だった。色の褪せた黒のズボンに、茶色のジャケットを羽織っている。男はズボンのポケットに両手を突っ込み、地面を睨みながら行きつ戻りつしていた。

伊東は距離を置き、その背中に続いた。

はっきりと顔は見えないが、どこかで会ったことがあるような気がした。九龍城砦の住人だろうか。ただ、伊東の患者でないことだけは確かだった。

男が不意に顔を上げ、立ち止まった。腰を伸ばし、大きく体を反らせている。が、その目は厳しく周囲に散っていた。

伊東はタバコを咥え、何気なく顔を逸らせた。足を止めるのはまずいと、そのまま歩みを進めた。男が放つ険しい視線から、只者ではないと分かる。王の持つ雰囲気と、どこか通じるものがあった。

裏の人間か、あるいは――。

男の横を通り過ぎようとした時、一瞬、目が合った。やはり、見覚えのある顔だった。

「火を貸してくれねえか」

ざらついた声が背中に届いた。どうすべきか迷ったが、伊東は足を止めた。

「どこかで会ったような気がする」

振り返り、正直に告げた。

「そうかもしれんな」

男は額に深くしわを刻み、嫌らしい笑みを浮かべていた。四十代半ばといったところか。こけた頬が無精ひげで覆われており、その間から鼻が突き出ている。猛禽類を思わせるような顔つきだった。

伊東は男に向かってライターを放り投げた。が、ライターは男の胸に当たり、そのまま地面に落ちた。男は依然として、ポケットに両手を突っ込んだままだった。

「タバコを吸うんじゃないのか」

「吸わねえよ」

「だったら、それを拾って返してくれ」

伊東があごでライターを示すと、男は革靴の底で踏みつけた。

「九龍城砦に住んでいるのか？」と、伊東は訊いた。

「あんな小汚ねえとこに？」

「あんな小汚い場所に、三万人以上が暮らしている」

「三万人だと？　また増えやがったな。犯罪人どもが」

男がちっと舌を打った。その言動から、男の職業が察せられた。

「あんた、王に飼われている刑事だろう？」

伊東はじっと男を睨んだ。目の高さは同じ位置にある。が、その淀み具合は相手の方が遥かに勝っていた。

「王の事務所ですれ違った記憶がある」

何年前のことだったか、王のもとへ、医療品の手配を頼みに行った。その時、札束を新聞紙に包み、事務所から去って行く男がいた。その男を何気なく見送っていると、王が言ったのだ。「飼っている刑事の一人ですよ」と。

「おまえの広東語、発音が妙だな」

男が唇を舐めていた。伊東を値踏みしているのは明らかだった。

「ははあ、おまえが歯医者の日本人先生か」

「だったらどうなんだ」

「おう、鼻息が荒いじゃねえか。おまえも王の奴に飼われているくせによ」

何も言い返せなかった。堂々と否定できないのがもどかしい。伊東は歯を軋らせるしかなかった。

「日本人先生、おまえの名前は？」

「伊東真一。あんたは？」

「任和平(ヤムウービン)」

言って、任が唾を吐いた。迷惑を顧みずに遅くまで騒ぐのは構わないが、この唾を吐くという行為だけは未だに慣れずにいる。腹立たしさが募るばかりであった。伊東は指に挟んでいたタバコを、任に向かって弾き飛ばした。

「何しやがる！」

任はポケットから両手を出し、咄嗟(とっさ)に体を反らした。が、火種は肩を焦がしていた。思わず「いい気味だ」と、伊東の口から日本語が零れていた。

「てめえ、上等じゃねえか」

任の拳が腹にめり込んだ。急所を知っている拳だった。胃液が上がってくる。伊東は何とか堪えたが、恐らく次は耐えられない。

「――何を捜している？」

腹の疼(うず)きとともに、切れ切れに絞り出した。

「あんたはずっと地面を見ていた。自分の吐いた唾の痕でも辿っているのか」

「はあ？」

「ほう、まだ減らず口が叩けるとはな。褒めてやるぜ」

「あの小汚い城の中で、七年過ごした結果だ。あんたに怯んでいるようでは、あそこでは暮らしていけない」

「面白いことを言いやがるな」と、任が歯をむいた。「が、おまえの言うことにも一理ある。あそこで生き延びるには、王のようになるか、それに従うかのどちらかだ」

「俺もあんたも――従う方を選んだ」

「そう決めつけるのは早いぜ」

任の目の奥が鈍く光った。濁っていながらも、輝く何かがある。

この目を知っている――そう思った。

「王に逆らうつもりか」

「そうは言ってねえよ。命は惜しいからな」

「何を捜している？」

伊東と同じものであるのは多分間違いない。だが、あえてもう一度問いかけた。

任は少し間をとったあと、「ついて来い」とぼそっと言った。その言葉通り、任が先に歩き出す。間近で見ると、背の辺りが筋肉で盛り上がっていた。あの拳の力も頷けた。

「あんまり大きな声で言えねえからよ、脇へ入るぜ」

任が左に折れた。初めて通る路地だった。いや、ここにこんな道があることさえ、伊東は知らなかった。

建物の陰になっているため、恐ろしく暗い。錆びた家電をはじめ、生活用品が辺りに散乱しており、大井街とは異なる悪臭が漂っていた。

「あんた、どういう経緯で王と知り合った？」と、伊東は訊いた。

「忘れちまったな」

「王の下について何年だ？」

「そんなもん、覚えておく気がねえよ」

次の瞬間、任が振り返っていた。無精ひげに張りついた笑みを見るなり、伊東は舌を打った。

しまった。警戒せずについて来た自分が馬鹿だった。

逃げられるか？　いや、まだ腹が疼いている。全速力で走ることができない。

任の拳が腹に迫っていた。伊東は自ら背後へ飛び、尻から地面に落下した。その衝撃以上に腹に痛みを感じた。息ができなかった。それでも大きく口を開け、喘ぐように深呼吸を繰り返した。

「今日、おれとおまえが出会ったこと、王の奴には言うなよ。黙っておけ」

霞んだ視界の中に、伊東を見下ろす任の目があった。凶暴性と興奮が入り混じっている。

「いや、王に飼われているおまえのことだ、どうせ告げ口するんだろうな。構わねえよ。王など必要ねえ。あいつの時代はもう終わる」

この男、何か企んでいる――濁った目の奥に光を宿しているのは、きっとそのせいだ。

伊東は苦労して上体を起こし、壁にもたれかかった。肩で呼吸しながら、どうにか声に出した。

「一つだけ……訊きたい」

「まだ元気じゃねえか」

「今にも気を失いそうだ……だが、こんな目に遭ったんだ……一つくらい答えろ」

「何だ」

「あんた……日本で起きた〈三億円事件〉って知ってるか？」

任がぴくりと反応した。これまで見せなかった色が目尻に滲んでいる。困惑、あるいは警戒か。

「一九六八年十二月十日、東京の府中で起きた……」

と、伊東の意識はそこで飛んでいた。

5

「ど、どうしたんだい？　日本人先生」

格子扉の隙間に、大きく目を見開いた林の顔があった。

「……肩を貸してくれ」

伊東はもう立っていられず、その場に崩れ落ちた。任という刑事に殴られた二発は、時間が経つに連れ、痛みが増していた。

林に両腕を持たれ、部屋の中へと引きずられた。頬を撫でる床のタイルが気持ちいい。火照（ほて）った肌が冷めていくようだった。

「先生、寝室まで運ぼうか」

「いや、ここでいい。水をくれ」

林が瓶を一本、床に置いた。林の飲みかけのコーラだった。伊東は手を伸ばし、甘いだけの液体をどうにか喉に流し込んだ。

「先生、どうしたの?」と、林が再び訊いた。

伊東は床に寝転んだまま半転し、仰向けになった。天井でファンが回っている。

「このまま寝かせてくれ。話はあとだ」

「構わないけど……本当に大丈夫なんだね? 彼みたいに手術とか必要ないんだね?」

心配そうな林の顔が目の前にあった。その先に、診療台に横たわる男の肘が見えていた。

「——何か喋ったか?」

「え? いや、何も。水だけは飲ませたよ。それでよかった?」

「ああ」

短く答えた。頷くのも億劫だった。

あの路地で目が覚めた時、既に陽は落ちていた。日中でも陽が差さなかったため、辺りは真っ暗で、方向感覚がまるで分からなかった。腹の激痛のせいもあり、地面を這うようにして表通りに出るまで、随分と時間がかかった。腕時計は午後六時を回っていた。

「じゃあ、先生、店に戻るよ」と、林が言った。「また様子を見に来る」

扉が開き、閉まる音。礼の一つくらいかけてやるべきであったが、伊東の口は動こうとしなかった。この部屋まで辿り着いた時点で、体力を使い果たしていた。

遠くでコンコンと音がする。控え目で優しい音だ。

伊東はまぶたを開いた。眠りに落ちていたらしい。一時間、いや、二時間ほどか。

が、腕時計を見ると、十分ほどしか経っていなかった。

林がもう戻って来たのかと思ったが、そうではないと気付いた。あのノックの音――。

扉がゆっくりと開いた。林が施錠をせずに出て行ったせいだ。そこまで気が回らなか
った自身を悔いても、もう遅かった。

「寝相が悪いですね」

やはり、王であった。

「日本人だからな。ベッドでは眠れない」

「では次回、畳をお持ちしましょうか」

王が薄く笑っていた。

「何の用だ？」

「頼まれていた鎮痛剤と綺麗な包帯です」

王の脇に紙袋が挟まれていた。王はじっと診療台の男を見下ろし、「どうですか？」

と訊いた。

「見ての通りだ。呼吸は安定している」

「しかし、それにしてもよく眠る男ですね。先生の応急処置は完璧だったというのに」

「完璧でなかったから、まだ横たわっているのかもしれん」

王は男の腹の上に紙袋を落とした。男の反応を確かめているようだった。

「その男は何者だ？」

「知ってどうするのです」

「俺は治療をした。専門外だが、俺の患者であることに変わりない」

「一理ありますが、そうして寝転がった状態で言われても、説得力がありません」

伊東はぐっと奥歯を嚙み、上体を起こした。腹の痛みはまるで消えていない。思わず、うっと呻いた。

「鎮痛剤が必要なのは先生の方らしい」

王が鼻を鳴らした。気障な仕草に苛立ちを覚えたが、何も言い返すことができなかった。それほど全身がだるかった。

「任和平という刑事は、あんたの飼い犬だったな」

あえて名前を出した。王はその意味を理解しているはずだった。

「ええ、飼っている刑事の一人です」

「何者だ？」

「そのままですよ。私に飼われることを厭わない刑事です。つまらない男です」

果たしてそうだろうか。任は言っていた。王に従っていると決めつけるのは早い、もう王など必要ない、と。

あの男は何か企んでいる。

そう、あの眼差し。濁った瞳の奥に潜む一筋の光――あの目はかっての自分と同じものだ。何かしでかしてやろうと海を越えた時と、まったく同じ目だ。

王は気付いているのだろうか。任のあの目に……。

「彼がどうかしましたか？」

「いや、何でもない」

とにかく、これで警告にはなった。鎮痛剤と包帯の借りは返した。それを思うと、一気に力が抜けた。上体を支えていられず、伊東はまた倒れた。

王が瓶を一つ、床に置いた。コーラではなく、鎮痛剤の入った瓶だった。

「日本人先生、あなたの周囲で何かが動いていることは私も分かっています。そして同時に、あなたに迷惑がかかっていることも承知しています。その点に関しては謝罪します」

さすがに頭は下げていないが、いつになく丁寧な口調だった。

「男が目を覚ましたら、連絡をください」

王が背を向けた。そして、扉の閉まる音。鍵をかけたかったが、起き上がるだけの力が湧いてこなかった。

「――あんた、起きているんだろう」

伊東は診療台に向かって言った。

「俺の施術が完璧でなかったとはいえ、さすがにここまで眠り続けるのは異常だ。心配するな。王は帰った。林もいない。俺とあんただけだ」

診療台から覗く男の肘がぴくりと反応した。

「……いつから……気付いていた？」

広東語だった。

「王が『よく眠る男だ』と口にした時だ。言われて俺も、確かにそうだと思った」

「ここは……どこなんだ……君が歯科医だということは……分かる」

意識が戻っているとはいえ、やはりまだ苦しそうではあった。音がこもり、はっきりと聞き取れない。何度か訊き返し、やっと意味が分かるという状況だった。

「ここは九龍城砦だ。南西ブロックの二階。あんたは昨晩、大井街の南で倒れていた。銃弾を背中に撃ち込まれて」

「…………」

男から返事はない。昨晩の記憶を手繰り寄せているといったところか。動きを止めた肘がそう語っていた。

「香港の人間か？」と、伊東は訊いた。

「……そうだ……昔、ここに住んでいた」

「王とはどういう関係だ？」

「……その時、世話になっていた」

「なるほど、今回も王に頼ろうって訳か。だから、ここに逃げて来た」

「……そんな……どの面を下げて……」

「どういう意味だ？」

男の表情を見られないのがもどかしい。言葉尻だけでは判断のしようがなかった。

「君は……彼とどういう関係なのだ」

「できることなら敵対したいが、残念ながら服従している」

「正直な男だ……医者としての腕もいい」

男が笑ったような気がした。顔つきと同じく、きっと優しい笑顔を浮かべているのだろう。

「君は一人か？……家族はいないのか？」

男が続けた。伊東の脳裏に両親の顔が浮かんだが、すぐに振り払った。

「——あんた、何をしでかした？」

男の肘が跳ねた。その反応を見る限り、記憶は失っていない。銃弾を浴びせられた経緯について、覚えているに違いなかった。そして、誰に撃たれたのかも——。

伊東はそこで一呼吸置き、低い声で訊ねた。

「あんた、どうして〈三億円事件〉に興味を持っている？」

6

両肩が激しく揺れている。地震かと思ったが、開いた目の先にあったのは、必死の形相を浮かべた林の顔だった。

「先生！」

林の大声が鼓膜を振動させる。が、伊東の意識はまだぼんやりしていた。天井のファンを見つめながら、そういえば、ここは地震と無縁だったな、と呑気なことを考えていた。

「先生、あの男はどこに行ったの！」

「何だって!?」

林の言葉で目が覚めた。慌てて飛び起きた。昨晩、あのまま床で眠ってしまったらしい。背中がひどく軋んでいた。

診療台には——本当に男の姿がなかった。

「いつだ？　いつからいない？」

「そんなの分からないよ。おれ、今来たところだから。鍵がかかってなかったから、勝手に入ったよ、先生」

腕時計を見た。午前十時四十分。伊東は診療台に拳を叩きつけた。昨晩の記憶がはっきりしない。王が帰り、意識の戻った男と少し話をした。覚えているのはそこまでだ。いや、そのあとで鎮痛剤を飲んだろうか。腹の痛みはほとんど感じなかった。

辺りを見回した。林が用意していた服がなくなっていた。男はそれに着替え、この部屋から去ったらしい。

「どこに行ったの？」と、林が再び訊いた。

「……分からん」

「食事とか、そういう——」

違う。銃弾を撃ち込まれた男が食事を済ませ、のこのこと戻って来るとは思えない。

多分、あの男は追われている。瀕死の状態でここに運び込まれたが、本来なら、診療台の上で悠長に眠っている場合ではなかったはずだ。現に、あの任という刑事にも、男の痕跡を追っている節があった。

「先生が許可を出したの？」

「馬鹿なことを言うな」

伊東は台所で乱雑に顔を洗った。男は意識を取り戻したとはいえ、完全に体力を回復した訳ではない。今朝になってから部屋を出たのだとしたら、まだ近くにいる可能性もある。伊東は顔を濡らしたまま、扉に手をかけた。

「待ってよ、先生」と、林が呼び止めた。「王さんに言った方がいい」

「王に？」

「先生が捜すよりも、王さんに言った方が早く見つかる」

確かにその通りだろう。しかし、だからといって何もせず、この部屋で待ち続けることはできなかった。王への報告云々よりも、自身の失態に我慢がならなかった。

「林、お前は本当にあの男を知らないんだな？」

「知らないよ」

林が真剣に答えた。その表情に嘘はないようだった。

「あの男は以前、王の世話になったことがあるらしい。ここの住人だったかもしれん。そう伝えろ」

「――分かったよ」

「鍵は開けっぱなしでいい」

言うなり、伊東は飛び出した。階段を駆け下り、大井街から表通りに出た。

空はどんよりと曇り、湿気を含んだ風が吹いていた。雨になるかもしれない。それでも無数の部屋からは洗濯物がぶら下がっていた。

昨日と同じように造成地に入り、血の痕を追った。その先に男が待っているとは思わなかったが、少なくとも、男に関する何かに辿り着けるような気がした。

自然と駆けていた。腹の痛みはその程度にまで治まっている。しかしその分、空腹感が伊東を襲っていた。昨日は夜どころか、昼も食べ損ねてしまった。

造成地を抜け、任刑事に連れ込まれた路地の近辺を通り過ぎた。その任の姿はない。伊東のように地面を睨んでいる者もいない。

だが、順調なのはそこまでだった。男の足取りを遡(さかのぼ)っているのだから、血の痕は濃くなっていくはずである。しかし、それ以上追えなくなった。ただでさえ、通りは汚く黒ずんでいる。そこら中に染みがあり、見分けがつかない。それ故、やたらと歩き回る羽目になってしまった。

　呼吸が上がる。シャツの背や脇が汗に濡れ、空腹と合わせ、ひどく不快だった。一旦落ち着こうと、伊東は一軒の食堂の扉を開けることにした。

「ビールと乾炒牛河（ゴンチャウガウホー）を」

　昼時とあって店は混んでいたが、テーブル席に座ることができた。伊東は壁から突き出た扇風機の前に行き、風を浴びた。ビールを運んで来た店員に声をかけ、奪うようにして、その場で瓶に口をつけた。

「すまないが、電話を借りたい」

　その店員は眉間にしわを刻んだまま、傍のレジを指差した。随分とくすんだ黒電話がレジの横にあった。

　ビール瓶を持ったまま、ダイアルを回す。が、応答はない。部屋には誰もいないらしい。続けて、林の部屋の番号を回した。しかし、こちらも同様だった。

　少々、先走ってしまったか――そんなことを思いながら、伊東は何気なく、棚に置かれたテレビ画面に目をやった。ニュースを放映しているようだが、画面にも音声にもひびが入っており、内容がよく分からなかった。それに苛立ったのか、客の一人がチャンネルを変えようとテレビに近づいた。が、どのボタンを押しても同じだった。その客は何度かテレビを叩いていたが、結局は諦めた。

席に戻ると、乾炒牛河が運ばれて来た。米の麺と牛肉の炒め物である。皿から湯気が立ち上り、香ばしい油の匂いが鼻をくすぐる。伊東の大好物だった。

今洗ったばかりというような濡れた箸を手に取る。この箸にもすっかり慣れた。皿を放り投げるようにテーブルに置く乱雑な店員たちにも。

伊東は料理をかき込み、その合間にビールを飲んだ。テーブルに麺が飛び散ろうが関係ない。日本の食事作法など、もうすっかり忘れてしまった。

ものの五分で食べ終えると、タバコを咥えた。が、ライターがないことを思い出した。昨日、任刑事に踏み潰されてしまった。伊東はそれでも、もう一つないかとポケットを探った。

と、その指先に何か触れるものがあった。

シャツの胸ポケット。その中に折り畳まれた一枚の紙が入っていた。

広げてみると、中には広東語で〈旭日街〉と書かれている。

旭日街？　ユッヤッと発音するのか。

聞いたことがなかった。どの地域かも見当がつかない。

いや、それ以前に、誰がこの紙切れを？

あの男か。黙ったまま去ったのではなく、こうして行き先を残して――と、伊東は首を捻った。姿を消そうとしているはずの男が、行き先など告げる訳がない。しかし、かといって、何らかの情報である可能性も無視できなかった。

伊東は咥えていたタバコを灰皿に捨て、勘定を支払った。

「旭日街というのはどの辺りだ」

店員に訊ねると、「啓徳空港の方」と、ぶっきら棒な単語だけが返ってきた。

伊東は更に二〇ドルを渡した。店員はそれを黙って受け取り、傍らにあった新聞に赤いペンで無造作に書き始めた。

二〇ドル分、詳細な地図だった。

7

空から大音量が降り注ぐ。伊東は飛び立っていく旅客機を見上げ、その機体が雲に隠れるまで目で追い続けた。

――旭日街。

啓徳空港付近の湾岸道だった。

東側は公園になっており、その向こうは九龍湾である。そこから濡れた海風が絶え間なく吹きつけている。そして、海風は通りの西側にそびえ立つアパート群の壁に当たり、四方に散っていく。九龍城砦よりも無機質であるが強固で、遥かに綺麗なアパートばかりだった。

午後二時を少し回っている。人影は少ない。アパートの外観が表すように、住人たちは、きちんとした仕事に就いているに違いなかった。洗濯物のない窓が何よりの証拠だ。

伊東はそんなアパートの外壁にもたれつつ、改めて〈旭日街〉と書かれた紙切れを見た。

男はここで撃たれたのか？　そうして命からがら城に逃げて来た……方向的に矛盾はないし、血の痕とも合ってはいる。

とすれば、一体ここで何があったのか？

周囲に目をやった。見通しの良い道だ。南北方向へ直線が伸びている。片側一車線。湾岸にあるせいか、時折、コンテナトラックが走り抜ける。が、それほど交通量が多い訳ではない。九龍城砦付近と比べると、ひどく長閑（のどか）な印象があった。

旅客機のエンジン音や船の汽笛の切れ間に、子供たちの賑やかな声が聞こえてくる。

公園で遊んでいるのだろうか。まだ雨にはなっていない。

その公園の前に一台の公衆電話があった。伊東は通りを渡り、受話器を上げた。

ようやく応答があった。

「どうだ？　男は戻って来たか」

問うと、林は「戻ってないよ」と答えた。

「王さんもつかまらない。事務所に行ってみたけど、誰もいなかった。先生、どこにいるの？」

「旭日街だ」

「え、どこそれ？」

林も初耳のようだった。伊東が知らないのも当然だった。

電話を切り、そのまま公園に入った。

ブランコがいくつか風に揺れている。伊東はその一つに座り、九龍湾を眺めた。強い海風は肌寒くも感じられたが、気持ち良かった。この地にやって来て、こんなに自然の風を浴びたのは初めてかもしれない。

次から次へと新たな風が頬を撫でていく。空気が淀み、滞留したままの九龍城砦では考えられない体感だった。あの暗い洞窟の中では、ずっと湿気が頬に張りついたままである。それを思うと、たとえ曇り空の下であっても、ひどく清々しい。

と、伊東はふと気付いた。

公園に子供たちの姿がない。

では、先程聞こえていた声は――。

「わたしもブランコに乗っていい？」

突然、背後から訊ねられた。まだ幼い少女だった。優しそうな大きな瞳でこちらを見つめている。

「ああ、どうぞ」

伊東が答えると、少女は笑みを浮かべ、隣のブランコの板に立った。長袖シャツの下に赤いスカートをはいている。そのどちらもが少し大きく、また汚れていた。

「家はこの近く？」

「ううん」と、少女が首を振った。「おじさんが公園で遊んでなさいって」

「おじさん？　お父さんじゃなくて？」

「うん。お父さんとはあとで会うの」

言っている意味がよく分からなかったが、あまり深く考えないことにした。少女は楽しそうにブランコを漕いでいる。邪魔をしたくなかった。

「お似合いですよ」

再び背後から声がした。今度はよく知っている声だった。

「まさか——あんたの娘か？」

「いいえ、違います」

「では、少女の言うおじさんとはあんたのことか」

「恐らくそうでしょうね」

ブランコから離れ、伊東はようやく背後を振り返った。

王だった。いつものようにスーツを着用し、髪をうしろに撫でつけている。その髪はこの海風でも乱れないらしい。

「何故ここにいる？　その少女とはどういう関係だ？」

矢継ぎ早に問いかけた。王は薄い笑みを唇に乗せ、タバコを咥えた。

「きちんと説明しますよ、先生」

その答えで、伊東は理解した。〈旭日街〉と書かれた紙切れをポケットに入れたのは、あの男ではなく、この王なのだと。

「なるほど、ここへ来いという意味か」

王は静かに紫煙を吐いている。

「あの男はどこに消えた？」

「消えてはいません」

「あんたが連れ去ったのか」

「まるで、私が彼を誘拐したかのような口ぶりですね」

「違うのか？　あんたは――」

林に起こされるよりも前に診療所にやって来て、あの男を連れて行った――そう思った。

しかし、王はやはり静かに否定した。

「違います。決して誘拐や拉致などしていません――保護したのです」

「保護だと？」

ブランコの鎖がすれる金属音が聞こえた。

「彼は城の中で、娘の帰りを待っています」

「……その少女のことか？」

王がゆっくりと頷いた。

伊東はじっと少女を見つめた。確かに、優しげな顔と雰囲気はあの男とよく似ている。

なるほど、二人は父娘――その事実から、少しずつ見えてくるものがあった。断片的ではあるが、伊東の脳裏に、ぼんやりと筋書きが浮かび始める。

「その父娘がどうして離れ離れになった？　おまけに父親は撃たれ、娘はあんたが連れている」

「場所を変えましょう」

王はその場にタバコを落とし、靴底で踏み潰した。そして、少女にもう少し遊んでいるよう言い置き、背を向けて歩き出した。どうやら、旭日街に戻るらしい。

「あんた、以前にあの男の面倒を見ていたそうだな」と、伊東は王の背中に訊いた。

「何故、手を貸す？　借りなどないのだろう」

「何故でしょうね」

「もう一度確認する。あんた、あの男を誘拐したのではないんだな？」

「はい、違います」

伊東は明確な意思を持って立ち止まった。

「だが、あの少女は誘拐された。違うか？」

王の足もぴたりと止まる。

「だから、男は娘を助けようとした。父親として。しかし、結果的に撃たれることになってしまった」

再び王が歩き出す。伊東もそれに続く。ブランコの音がまだ小さく届いていた。

「おい、答えろ——」

伊東が言いかけたその時、旭日街を急発進するワンボックスがあった。そういえば先程、公衆電話の先に停車していたような気がする。

ワンボックスがこちらに向かって走って来る。運転席には男が座っていた。その男に見覚えがあった。王の部下だ。

王の前で止まった。王が合図を送ると、車はすぐに走り去った。その車体が左右に激しく揺れている。恐らく荷台の中で誰かが——。

「積み荷は誘拐犯か？」

伊東は車の尻を見送りながら言った。

「——はい」

「誰だ？」

「あなたが私に警告した人物です。わざわざ名前を挙げて」

頷いた——任刑事だ。

「何故、彼はあの少女をさらった？」

「それは金のためでしょう」

「身代金か？　こう言っては何だが、あの男は金を持っているように見えなかった」

「はい、その通りです。父親から金を取るのではありません。父親に――金を運んで来させるためです」

「金を運ばせる？」

「あの父親は警備会社に勤めています。ここから少し北に行ったところにある銀行を担当しています」

何かが伊東の肌を這い、熱く刺激する。

銀行から金を運んで来る――現金輸送車、か。

旭日街を眺める。皮膚がひりひりと痛み出し、喉が渇き始めた。一瞬、視界がぼやけ、耳鳴りがした。そこへまた、子供たちの声。決して、あの少女のものではない。

目を細めた。公園の木々の隙間に見え隠れする文字があった。

小学校――子供たちの声はそこから届いているのだ。向かい側のアパートの壁に反響しているのかもしれない。

背中に汗が流れ出した。体が小刻みに震える。それでもどうにか踏ん張り、王の目を覗き込んだ。互いの視線が絡み合う。

そんな馬鹿な――気付くと、伊東は地面に片膝をついていた。

七年前、新聞やテレビでずっと目にしていた風景。いや、食い入るように見つめていた風景……似ている。確かに似ている。あの〈学園通り〉に。

この強固なアパートの壁は、無機質な府中刑務所の壁とそっくりではないか。そして、片側一車線の見通しの良い通り。歩道橋こそないが、小学校の位置関係も、〈学園通り〉そのままだった。

「……三億円事件」

伊東の口から零れ落ちていた。

8

「ある男が」と、王が言った。「日本で起きた〈三億円事件〉に触発され、この地でも同じように現金を強奪しようと企てました。何せ、事件の犯人はまだ捕まっていません。自分も一獲千金をと安易に考えたのでしょうね。そうして男は、この旭日街を現場に選んだ」

王はまるで独り言のように淡々と語る。

「それなりに入念に下調べをしたのでしょう。あなたも感じたように、旭日街は、実際に現場となった〈学園通り〉とよく似ている。しかも、幸運なことに北に銀行もあった。男はそこに目をつけた。現金輸送車を運転する人物を捜し出し、その娘を人質にとることで協力させようとした。より確実に現金を、といったところでしょうか。男と父親の間で、どんなやりとりがあったのかは知りません。しかし、父親は拒否を示した。結果、父親は撃たれてしまった。多分、男に殺害の意思はなかったはずです。あくまでも、脅しのつもりで撃った弾が偶然に命中した、というのが正解でしょう。父親に死なれては、計画が実行できませんから」

伊東は依然として、通りに膝をついたままだった。王の話があまり耳に入って来ない。

「そうして父親は九龍城砦に逃げ、男はその痕跡を追った」

伊東はそこで顔を上げた。

逆だったのか——てっきり、任刑事も自分と同じように城から血の痕を追っているのだと思っていた。だが、そうではなかった。この旭日街から、血痕を辿っていたのだ。九龍城砦へ向かって。

「その男は」と、王が続ける。「計画のために、どうしても父親を見つけたかった。実行日が近づいていたからです」

「実行日？」

「はい、明後日です。十二月十日」

「あんたはそこまで知っているのか」

驚きを隠せなかった。これが城の中であるならば納得もしよう。だが、ここは外だ。

いや、待て。王は今何と言った？

十二月十日――？

「一九七五年の十二月十日」

王が意味ありげに告げる。

はっとした。伊東は跳ねるように立ち上がった。

「〈三億円事件〉が起きた日……しかも、あの日から七年……時効が成立する」

天を仰いだ。灰色の雲が東へ流れている。

そうだ。とうとう、あの未曽有の事件が時効を迎えるのだ。容疑者不在のままに――。

呆然とした。古新聞であるが、昨日食堂で事件記事を読んでいた。なのに、時効という事実にまで思い至らなかった。そんな自分が信じられなかった。

狂熱を抱いたまま海を渡り、何か大きなことをしでかしてやろうと思っていた。それこそ今回の任刑事のように、人生を変えたいと強く望んでいた。それだけの膨大なエネルギーも溜め込んでいた。それなのに、もう七年という時間が流れていた……。

伊東は力なく首を垂れた。

「任刑事は……いや、計画を立てた男は、どうして〈三億円事件〉のことを知っていた？　いや、その男だけじゃない。あんたもそうだ。海の向こうの日本で起きた事件なのに、何故そんなに詳しい？」

王は眉根を寄せ、不思議そうな顔をした。唇が僅かに開いている。「気付いていないのか？」とでも言いたげな表情だった。そして実際、その通りだった。

「父親のポケットに入っていたそうじゃありませんか、新聞の切り抜きが」

確かに入っていた。それは今、〈旭日街〉の紙と一緒に伊東のポケットの中にある。

「その時点で、あなたは気付いているものだと思っていました。いいですか、日本の新聞の切り抜きですよ」

珍しく王が笑っていた。その目や頰が柔らかい。王はスーツの胸ポケットに手を滑らせ、新聞を引き抜いた。きちんと折り畳まれているが、しわだらけだった。

その一面の見出しには、〈いよいよ時効へ〉とある。

「どうして日本の新聞が——」

口にしながら、がつんと殴られたかのようだった。何故、気付かなかったのか。王があんな表情を浮かべるのも頷ける。〈三億円事件〉への熱が鎮まると同時に、どうやら自分は馬鹿になってしまったらしい。

　ずっと目の前にあったのだ。自分の部屋の中に——両親から送られてくる荷物はすべて新聞に包まれていた。

「俺に届いた荷物を覗いていたのか」

「先生、不思議だと思ったことはありませんか」と、王の目が尖った。「あれほど複雑な建物の中、どうしてきちんと郵便物が届くのか」

「え？」

「どこに誰が住んでいるのか、あなただって把握していないはずです。住人でない郵便配達人ならば尚更です」

　伊東はもう笑うことしかできなかった。

「あんた、生活用水だけでなく、郵便物も管理していたのか……」

「はい。南西ブロックの郵便物は一旦、私の事務所に集められます。その後、危険物がないか中身を確認したあと、部下たちが届けて回っているのです」

　そうして郵便局から、その分の代金をせしめているのだろう。いや、そうせざるを得ないのが実情か。伊東でさえ、決して正確に届けられない。更に奥へ、更に上階へと進んで行けば、もとの場所に戻って来られる自信はない。断じてない。

「男は私の事務所に出入りしていました。その時、新聞を持ち帰ったのでしょうね」

そうだ。以前、事務所で任刑事と遭遇した時、彼は札束を新聞紙に包んでいた。あるいはそこに事件の記事が——。

「私自身、〈三億円事件〉に興味がなかったと言えば嘘になります。あなたの郵便物の中から何枚か新聞を抜き取り、広東語に訳してもらっていた時期もありました。もっとも、再現しようなどとは思いもしませんでしたが。男も事件を再現するのなら、更に忠実にすべきでしたね。白バイを用意し、単独犯で。そうすれば、私に知られることもなかったかもしれません」

「恐れ入った。あんたには敵わない」

本音だった。全身から何かが抜け落ちていくようだった。

伊東はふと思う。

俺は、この王のようになりたかったのかもしれない。何か大きなことをやり遂げ、この王のような人間に……。

王がタバコとライターを差し出した。初めてのことだった。

とうとう雨が降り始めた。見上げると、雲が更に勢いを増している。本降りになる気配が漂っていた。

いつの間にか、あの少女が王の傍に立っていた。そういえば、ブランコの音が聞こえなかった。少女は王に手を伸ばし、「雨だよ」と言った。

「どうして俺をここに呼んだ」

「あの父親はあなたの患者なのでしょう？」

それだけを告げると、王は少女の手を取り、静かに歩き出した。少女は楽しそうに王を見上げている。よく懐いているらしい。

結局、その父親と王との関係は訊けなかった。父親は以前、王に不義理を働いたようだが、正確な内容までは分からない。それでも、父親は「どの面を下げて」と言いながら、本能的に王に助けを求めた。娘のために。だからこそ、血を流しながら九龍城砦を目指した。それだけは確かだと思われた。

王と少女が旭日街を歩いて行く。その姿が消えるまで、伊東はずっと見送った。

もしかしたら王は、あの少女の名付け親なのではあるまいか――一瞬、そんなことが頭を過る。だが、確かめることはできない。

雨の滴が咥えたタバコを濡らす。

時効、か。

伊東にとって、一つの時代が終わろうとしている。確実に終わりを告げようとしている。

俺はこの先、どうすべきだろう。いや、どうしたいのだろう。薄汚い洞窟に留まるか、あるいはもう去ってしまうか……さあ、どうする？　日本人先生。

啓徳空港から旅客機が飛び立って行く。

轟音が降り注ぐ中、伊東はしばらくの間、雨空を眺め続けた。

初恋は実らない

織守きょうや

織守きょうや（おりがみ・きょうや）

一九八〇年、英国ロンドン生まれ。弁護士。二〇一三年『霊感検定』で講談社ＢＯＸ新人賞Powersを受賞しデビュー。一五年『記憶屋』で日本ホラー小説大賞読者賞を受賞。同年『黒野葉月は鳥籠で眠らない』が、「このミステリーがすごい！　２０１６年版」国内編で第19位、『２０１６本格ミステリ・ベスト10』で第18位にランクイン。次代を担う気鋭のミステリ作家として期待されている。他の著書に『３０１号室の聖者』『世界の終わりと始まりの不完全な処遇』などがある。

「運命の人には十二月に出会う。もう出会っているかもしれない」

よく当たると評判の占い師にそう言われ、思い出したのは初恋のことだった。


初めて恋をしたのは、十一歳の冬。雨の日だった。

昭和四十三年十二月十日、午前九時三十分、府中市栄町三の四、府中刑務所の北。学園通りと呼ばれている通りの狭い歩道を、私は一人、学校に向かって歩いていた。

本当なら小学校にいるはずの時間だが、先月行われたインフルエンザの集団予防接種の際、微熱があったせいで、クラスで私だけ予防接種を受けられなかった。本格的にインフルエンザが流行し始める二週間前までには受けておくように、と学校からのお達しがあり、ぎりぎり今日になって、早くから開いている病院に朝一で行ってきた帰りだった。

左腕の内側、注射針を刺した痕がじんわりと痛い。予防接種で微量のウイルスが体に入ったからか、なんとなくだるいような気がする。

しかもこんな雨の中、びしょ濡れになって登校しなければならないなんて、それだけで風邪をひきそうだ。

ランドセルの革から雨が沁み込んで、教科書まで濡れてしまうのではと不安になるほどの豪雨だった。

傘を差しているのに、私の体で濡れていないのは、ランドセルを背負った背中くらいだ。特に、足元はぐっしょりと重くなり、一歩一歩進むごとに、靴の中でごぽごぽと音が鳴る。

憂鬱な気持ちでとぼとぼ歩いていると、後ろから、車の音が近づいてきた。

水が跳ねたら嫌だなと思って振り向くと、高級そうな黒塗りの車が走ってくる。

車の前についたナンバープレートの数字が目に入り、あっと思った。

66-48。

四月八日は私の誕生日だった。

(もしかして、何かいいことがあるのかも)

今この瞬間は、これ以上ないくらい、最悪の状態だけれど——逆に考えれば、ここからは上がるだけ、とも言える。

ほんの少し前向きな気分になって車を見送った、そのとき、白いものが斜めに走ってきて、車を右側から追い越した。

警察官の乗る、白いバイクだ。

革のジャンパーを着てヘルメットをかぶった警察官は、交通腕章をつけた片手を挙げて、車の運転手に合図をする。

私の横を通りすぎてすぐ、車は車道の左側に寄って停車した。バイクは車の前方に、道を塞ぐように停まる。

警察官が、バイクから降りて車に近づいた。

運転席の窓が下がり、窓ごしに、運転手と警察官は何か話しているようだ。

スピードを出しすぎていたわけでもなさそうなのに何だろう。

停まった車の向こうで、前方から走ってきたタクシーが停車して、女性客を降ろすのが見えた。

警察官は、車のそばにしゃがみ込み、車体の下を覗き込んでいるようだ。何か探しているのか、ごそごそしているが、雨で視界が悪いせいもあり、何をしているのかはよくわからない。

あの車が、何か轢(ひ)いたのかな？　その痕跡を探しているのかもしれない。もしかして、逃走中の犯人の乗った車だったりして。そうでなければ、盗難車とか？

少しわくわくしながら、ゆっくり歩みを進める。

停止している車との距離が縮まり、警察官の顔が見えるところまで来たとき、

「あったぞ！　ダイナマイトだ」

警察官の、鋭い声が飛んだ。

思わず足を止め、同時に気がついた。

車の下から、白い煙が上がっている。

「爆発する！　早く逃げろ！」

四つのドアが次々と開き、スーツを着た男たちが、慌てた様子で車から降りてきた。

私のいる歩道へ移動して、ブロック塀の陰に避難する。

タクシーから降りたばかりだった女性客も、その少し先にある、別の塀の後ろに隠れたようだ。

私は、足がすくんで動けなかった。

皆が避難してしまい、爆弾の仕掛けられた車の前に体をさらしているのは私だけだ。

やっとのことで、すぐそばにあった電柱の陰に隠れた。頼りない太さだが、ないよりはましだ。ブロック塀のほうが頑丈だろうが、そちらへ行くとなると、爆弾にも近づくことになる。

電柱の陰から覗くと、こちらを振り向いた警察官と目が合った。

まだ若い。高校二年生の兄と、二つか三つしか違わないように見える。鼻筋が通って、目は切れ長で、優しげな顔立ちをしている。

私と目が合って、彼は少し驚いているようだった。何故こんなところに子どもが、と思ったのかもしれない。

前方から走ってきたトラックが、煙を上げている車に気づいたのか、少し離れたところで停車した。

トラックの運転手が、消火器らしきものを持って降りてくるのが見える。彼は、まっすぐに車へと近づいてきた。

彼は、車に爆弾が仕掛けられていることを知らないのだ。

(爆弾に消火器って、意味あるんだっけ。あの人、危ないんじゃ――)

はらはらしたが、警告するために爆弾の前に飛び出すほどの勇気はない。

そのときだった。

警察官が、煙を上げ続ける車の運転席に飛び乗った。

ドアも閉まりきっていない状態で急発進させ、前方に停めていた白バイを避けて、すごい勢いで走り出す。

あっというまだった。

爆弾を積んだ車はみるみるうちに遠ざかり、見えなくなった。

(私たちから、爆弾を遠ざけようとして)

なんて勇敢な人だろう。

ブロック塀の陰から、男たちがぞろぞろと出てくる。

私も電柱の陰から出て、車の去っていった方向を見た。

車はもう影も見えず、ただ、置き去りにされた白バイに、雨が打ちつけている。

心臓がドキドキしていた。

爆発に巻き込まれそうになった恐怖だけではない。

車に乗り込む前にちらりと見えた、警官の真剣な——こわばった表情が、強く印象に残った。

命の恩人だ。

その人の乗った車は、煙と雨の向こうに走り去り、戻ってこなかった。

それが私の、初恋だ。

＊＊＊

後に三億円事件と呼ばれる、現金強奪事件の犯行現場を自分が目撃したのだと知ったのは、その日の夕方、帰宅してからのことだった。

私が爆弾騒ぎを目撃した、まさにその時間、その場所で、前代未聞の大事件が起こったと、テレビのニュースは、その話題で持ちきりだった。白バイ隊員に扮した犯人は、輸送車ごと現金三億円を奪い去り、今も逃走中だという。

私が学校に行っている間に、緊急配備がされたり、犯人の車と思われる別の自動車が発見されたり、色々と進展があったようだ。

近所で起きた事件ということもあって、母も「すごいことになってるね」とテレビの前で興奮した様子だった。

私の見たあの自動車は、日本信託銀行の国分寺支店から、東京芝浦電気の府中工場で働く社員たちのボーナスとして現金約三億円を輸送する途中だったそうだ。

どうやら私が現場から離れてすぐに、銀行員がおかしいと気づき、府中刑務所の監視所に駆け込んで一一〇番したらしい。

私の見た彼、白バイに乗った男は、本物の警察官ではなかった。

あの車には、爆弾なんて仕掛けられていなかったのだ。

彼は英雄ではなく、犯罪者だった。

「どうしたの？　千果子。元気ないじゃない」

私ががっかりしてうつむいているのを見て、母が心配そうに声をかけてくれる。

なんでもない、雨で風邪をひいたかもしれないとごまかし、まだ湿ったままの靴下を脱いで、脱衣所へ引っ込んだ。

(勇敢な人だと思ったのに)

病院の帰りにだらだらと歩いていて、ちょうど事件の起きた時間帯にあの場所を通りかかったこと、犯人の顔を見たことは、母には言わなかった。

目撃者なら、何人もいる。特に輸送車の運転手は、会話もしていたし、私よりずっと間近で彼の顔を見たはずだ。似顔絵を作るにしても、目撃証言は間に合っているだろう。

現場には、犯人の乗ってきた偽物の白バイがそのまま残されていたし、白バイにくくりつけられた缶の中からは、犯人の私物らしきものも見つかったと報道されていた。犯人は発煙筒も現場に置いたまま去っていて、証拠は豊富にある。

ニュースによれば、乗り捨てられた輸送車もすぐに見つかったそうだから、犯人が見つかるのも時間の問題だろうと、テレビのコメンテーターも言っていた。

私も、そう思っていた。

どうせ、すぐにつかまってしまうだろう。

（優しそうに、見えたのに……）

私を見て驚いていた、あの表情を、車に乗り込むときの横顔を、思い出す。

英雄ではなかったとわかっても、あの人が犯罪者として手錠をかけられてうなだれているる様子なんて、目の当たりにはしたくなくて、しばらくニュースは観ないことにしようと決めた。

予想に反して、翌日になっても、犯人がつかまったという報道はなかった。私はニュースを観ていなかったが、母親が教えてくれたのだ。

警察は周辺の住宅や施設をしらみつぶしに調べているらしく、私の家にも警察が朝から聞き込みに来た。

私は学校に行くところだったので、母と話している警察官を横目に家を出たのだが、通学路である府中刑務所北の学園通りにもたくさんの人がいて、驚いたのを覚えている。

記者も警察も、小学生の私には見向きもしなかったが、事件現場のすぐ近くにある都立府中高校に通っていた兄が、取り調べの対象になった。

何も知らずに学校から帰宅した私は、兄が警察に呼ばれて行ったと母から聞いて青ざめた。

私が、事件を目撃したことを言わなかったからこんなことになったのだ。兄が犯人でないことは、実際に見た私が知っているのに。

さすがに黙っているわけにはいかなくなって、涙ながらに、母に昨日見たことを打ち明けた。母は私が何を言っているのか、すぐには飲み込めない様子だった。三億円事件の現場をこの目で見たのだ、犯人は兄ではなかった、警察に説明する。そう繰り返して、ようやく母も、冗談ではないのだとわかってくれた。

今すぐ警察に行く、連れていってと、困惑する母に泣いてすがっていたちょうどそのとき、「ただいまー」と玄関のドアを開ける、兄ののんきな声が聞こえた。

兄は逮捕されたわけではなく、任意同行のうえで取り調べを受けたその日のうちに釈放されたのだ。

私は玄関先に走っていって兄を迎え、今から警察に行こうとしていたの、私犯人を見たの、兄さんじゃなかったって警察に言わなきゃって、と泣きながら説明した。

兄自身は、取り調べを受けた事実を私や母ほど深刻に受け止めていなかったらしく、泣くようなことじゃないよ、と反対に私が慰められた。

話を聞いてみると、兄が特別疑われたというわけではなく、兄はあくまで、たくさんいる取り調べ対象者の一人にすぎなかったようだ。このときは、正確な人数まではわからなかったが、自分のほかに何人も、クラスメイトや先輩たちが取り調べられていたと、兄はもりもり夕食を食べながら話してくれた。

母は、とりあえず兄の疑いが晴れたらしいことにほっとした様子だった。

もちろん私も、兄が逮捕されずに済んだことや、落ち込んだ様子がないことには安堵した。

しかし、それと同時に、複雑な気持ちになった。

兄の疑いを晴らすためならば、学園通りで見たことを洗いざらい話すつもりではあったが、積極的に警察に協力を——彼をつかまえる手助けをしたいわけではない。本音を言えば、自分や家族に疑いが及んでいないのなら、警察に、彼のことは話したくなかった。

そうすることは彼への、そしてあの瞬間のときめきへの、裏切りのような気がしていた。

しかし、母や兄に、犯人の顔を見たことを話してしまった。二人は当然、警察に話すべきだと言うだろう。

兄なんて見当違いの人間を取り調べたりしている時点で、警察は何もわかっていないということだ。私の証言が、彼をつかまえる決め手になるかもしれない。

（どうしよう）

彼の不利になるようなことは言いたくない。けれど警察に、面と向かって嘘をつくのも怖い。そんなことができる自信はなかった。だから、警察の前に出ること自体、したくない。

彼が悪いことをしたということはわかっているし、どうせいつかはつかまってしまうだろうが、私がその手伝いをすることは、この初恋が汚れるように思えて嫌だった。

しかし、何故嫌なのかと訊かれても、母や兄には説明できない。

案の定、私が事件を目撃したことを、警察に話したほうがいいのではないかと母は言ったが、それを止めたのは兄だった。

「俺が一度取り調べをされた以上、千果子は被疑者の妹だぜ。身内の証言なんて誰も信じやしないよ。妹が、兄貴をかばって嘘をついているって思われるのがおちだ。子どもに嘘までつかせて容疑をそらそうとするなんて怪しいって、むしろ、俺への疑いが深まるかもしれない」

言われてみればそうねえと、母も納得したようだった。

「証言なんてして、犯人に逆恨みされても怖いしねえ」

まだ帰宅していなかった父には相談もしないまま、警察には言わないでおこう、という結論が出た。

　もちろん、私にも異論はなかった。

　盗まれた三億円は、東京芝浦電気の社員のボーナスだったそうだが、会社は保険をかけていて、事件翌日にはボーナス全額が社員たちに支払われたそうだ。

　保険会社もまた、海外の保険会社で損害保険をかけていたため、損害のぶんの補塡を受けることができたそうだから、少なくとも国内には、直接的な損害を被った者は存在しないということになる。仕組みについてはよくわからなかったが、誰も損をしていないってことよ、と母が話してくれた。

　それは何だかかっこいい気がする、と幼心に思ったが、そう感じたのは私だけではなかったらしい。

　暴力ではなく、計略だけで、誰のことも傷つけずに犯行をなしとげていることもあって、犯人の見事な手際を賞賛し、ヒーロー視するような声も次第に出てきた。

　世間が、自分と同じように、彼に対して好意的であると感じた私は、単純に嬉しかった。そして、安心した。

　やっぱりあの人は、悪人ではなかったのだと。

変装の名人で、血を嫌い、決して人を傷つけたり殺したりしない、まるで少年探偵団シリーズの怪人二十面相のようだと、学校でも話題になった。

そのたび私は、何故か誇らしいような気持ちになった。

それでも、学校の友達に、犯人の顔を見たことは決して言わなかった。

皆が噂する彼の素顔を私だけが知っているということに、じんわりと優越感のようなものを感じていた。

私は、三億円事件について話す同級生に、「すごいよね、かっこいいよね」と何も知らないふりで相槌を打ちながら、ノートのすみに、6648、と覚えていた現金輸送車のナンバーを書いた。

下二桁が私の誕生日と同じだという、たったそれだけのことさえ、運命的な符合のような気がした。

後ろの席の友達に、それなあに、と訊かれたので、おまじないだと答える。

「頭に浮かんだ好きな数字を四つ、紙に書いて身につけると、幸せに過ごせるの」

思いつきだったが、同じ班の女子たちは感心し、しばらくの間、でたらめなおまじないを真似していた。

それが、彼が乗って逃げた輸送車のナンバーだということは、もちろん、誰にも気づかれなかった。

事件から十日ほどが経ったが、犯人へとつながる直接的な手がかりは見つからないようだった。

十二月二十一日、警察により公表された犯人のモンタージュ写真は、私の見た彼の顔とは大分印象が違っていた。

目撃者たちの証言を元に、色々な写真から目や眉などのパーツを組み合わせて、本物に近くなるよう合成して作った写真らしいが、その割には似ていない。雰囲気も違う。この顔を探していたら、彼本人にはたどりつけないだろう。

(どういうこと?)

輸送車の運転手や、現場にいたほかの銀行員たちは、犯人の顔を覚えていないのだろうか。

「あんたが見た顔と、どう、似てる?」

テレビを観ながらあられを食べていた母が、私を振り返って訊いた。

どうかな、ちょっと雰囲気が違うかな、とごまかしながら、私もあられに手を伸ばした。食べたいわけでもなかったあられを、音をたててかみ砕く。

（もしかして、あの人の顔をはっきり見たのは、覚えているのは、私だけ？）

だとしたら、彼はこのまま、つかまらないかもしれない。

心臓が高鳴るのを感じた。

「似顔絵も公表されたし、きっとすぐつかまるね」

楽観的な母に、そうだね、と返す。

声が上ずらないように注意した。

警察や大銀行を欺き、大金を奪って煙のように姿を消し、それでいて、誰にも直接的な損害は与えずに逃げおおせるなんて、本当に、小説の中の怪盗そのものだ。

口をつぐんでいることに対する罪悪感はなく、興奮と、嬉しさと、ほのかな寂しさが同時にあった。

私だけが知っているということ。それを、彼も知らないままでいること。それは寂しくもあったが、甘い秘密でもあった。

もしかしたらそれは、恋などとも呼べない、アイドルや俳優に対する憧れのようなもの、もしくはもっと幼稚な感情だったのかもしれない。しかし、初恋なんて、そもそもがそんなものだろう。

私はこっそりと、彼がつかまらないよう祈った。

どうせ二度と会えないのなら、このまま、雨の向こうに消えた人として、名前もわからないままでいい。

初恋の思い出としては、そのほうが美しい。


犯人が現金輸送車から乗り換えて逃走用に使ったと思われるカローラが発見されるなど、事件に動きがあるたびに、テレビでは何度も特集の番組が組まれたが、私はなるべく観ないようにしていた。

ある日彼が逮捕されたというニュースが流れるのではないかと、それだけは気にしていたが、事件そのものに興味があるわけではなかったからだ。

彼の手口の鮮やかさを知るのは楽しかったが、犯人はきっとこういう人物だ、というような分析はどうでもよかった。他人の想像に価値はなかったし、彼が本当はどんな人物なのかなんて、知りたくはない。

兄は、自分が容疑者扱いされた経験からか、三億円事件に関連する記事が載った雑誌は必ず買ってきて読むなどしていたようだが、私は兄の部屋に積まれたそれらにも手を出さなかった。

初恋の相手が、自分の想像の中にしかいない幻のようなものだと、自分でもわかっている。

ずっとつかまらなければ、少なくとも、私の中にある彼が否定されることもない。

もしも彼が逮捕されたら、きっとまた特番が組まれるだろうが、それも観るつもりはなかった。

好きな人のことなら、知りたいと思うのが当然なのかもしれない。しかし、どうせもう会えない相手なら、余計なことは知らないほうがいい。

あのとき目が合った私のことを、彼は覚えていて、いつかどこかで再会する。そんな、少女らしい空想はした。

しかし、そこから先は想像できなかった。

つまり私は彼を、現実の人間として考えていなかったのだ。

それでよかった。

現実の彼と私の恋した人が別物であることは、子どもの私にもわかっていた。

彼がつかまらない限り、ずっと私は、あの瞬間の彼に恋をしていられる。

事件から一年ほど経ったころ、一度、被疑者が逮捕されたという記事が新聞に載ったが、モンタージュ写真と並べられた被疑者の顔写真は、彼ではない別の人だった。

日本中が沸き立ち、テレビもすぐに取り上げたが、私は、それが彼ではないことを知っていた。兄のときと同じで、すぐ間違いだとわかるだろうと思っていたら、やはり、その人にはアリバイがあることがわかり、釈放されたらしい。記事が載った二日後には、誤報だったと発表された。

そして結局、彼は見つからないままだった。

現実を突きつけられることがなかったせいもあり、思いのほか長く——中学校を卒業するころまでは、彼は私の憧れの人であり続けた。

しかし、時間が過ぎるにつれ、三億円事件に関する報道はどんどん減っていった。兄のように意識して追っていれば、また違ったのかもしれないが、事件のことがテレビで取り上げられることがなくなると、話題にものぼらなくなった。

そのうち、事件は世間から忘れられ、私でさえ、そうそう思い出すこともなくなった。子どものころの初恋なんて、そんなものだ。

＊＊＊

私は兄と同じ高校に進学し、大学にも自宅から通った。兄は大学では寮に入っていたが、卒業と同時に戻ってきて、地元の企業に就職した。私は反対に、大学を卒業すると家を出て、会社の近くで一人暮らしを始めた。

三億円事件が時効になった昭和五十年十二月、テレビは事件について振り返り、「真相を追う」という趣旨の番組を放映したし、その後も何度か、「未解決事件スペシャル」といった番組で取り上げられているのをちらりと観たことはある。どれも、あまり真剣には観なかった。

初恋の思い出は守られた。彼が本当はどこの誰だったのか、有識者たちの語る推理に興味はなかった。

そうして、事件からちょうど十二年が経った、昭和五十五年の年末。

実家に帰省していた私は、久しぶりに地元の友人と会って、一昨年開店したばかりという洋食屋さんで昼食を食べ、その後少しだけ遠出をして、よく当たると評判だという占い師のところに連れていかれた。

子どものころから、占いやおまじないの類は嫌いではなかったが、お金を払って占い師に見てもらうのは初めてだ。

「占いの館」と色あせた看板のかかった個室は、狭くて、快適とは言い難い空間だったが、なんとか友達と二人一緒に座ることはできた。

デパートの一角を布で区切っただけのスペースよりは、いくらか落ち着ける。占い師は、魔女のような化粧をしているわけでもなく、特別な衣装を着ているわけでもなく、普通の中年女性のように見えた。

先に占ってもらった友達は、占い師に手をとられるなり、去年別れた交際相手とは縁がなかった、別れて正解だったので気に病むのはやめなさい、と言われて、すぐに占い師が「本物」だと信じる気になったようだ。二か月前にお見合いをした相手との相性がとても良いと言われ、有頂天だった。

私は、まず全体の運勢を見てもらった。悪くない、来年は穏やかに過ごせそうで、半ばころからさらに上向きになる、今の会社はあなたに合っている、というような回答を得てそれなりに満足していたら、友達が期待に満ちた目で見てくるのに気づいた。あげく、肘でつついてまで促されたので、恋愛についてはどうかと追加で尋ねてみたところ、

「運命の人には、十二月に出会います。もう、出会っているかもしれません」

占い師は、厳（おごそ）かにそう言った。

十二月。

入社したのは春だから、職場の関係者ではない。今月に入って、新しく知り合った人なんていただろうか。いや、今年の十二月とは限らない。これまでの人生で、十二月に、

印象的な出会いがあっただろうか。

そのとき、頭に浮かんだのは、昭和四十三年の十二月だった。

数年ぶりに思い出した、十二年前のあの雨の日。

いやいやまさか、と首を振った。いくらなんでも、考えすぎだ。

確かにあのとき、小学生だった私は、運命を感じたけれど。

(もしあれが運命の出会いだったなら――二度と会えるはずもない人が運命の相手だったなら、私の恋愛はもう先がないことになるじゃない)

これから何度でも、十二月は来る。そのすべてに、出会いのチャンスはあると信じたい。

たかが占いとはいえ、十一歳ですでに運命の恋をつかむチャンスを失っていたなんて、考えたくはなかった。

「もう出会ってるかもしれない人が、運命の人だったってことは……それって、気づかずに取り逃がしちゃったって可能性もあるってこと？」

「やめてよ、嫌なこと言うの」

友達の言葉に顔をしかめながら、占い師に見料を支払って狭い部屋を出た。

「十二月だって。絶対当たるよ、私のも当たってたもん」

友達は、建物を出てからも、興奮冷めやらぬ様子でいる。

「千果子、心当たりないの？　十二月に出会った人」

「ないわよ。これからに期待ね」

しかしもう、十二月も残りわずかだ。

まだ出会っていないにしても、今年はないだろう。

あともう一年は出会いがないってことね。私が大げさなため息をつくと、友達は励ますように、私の背中をぽんぽんと叩いた。


友達と別れて実家に戻り、自分の部屋で雑誌を読んでいたら、兄が来て、暇なら飲みにいかないかと言った。

珍しいこともあるものだと思っていたら、友人たちとの飲み会で、面子が足りなくなりそうなのだという。

「頼むよ。俺が狙っている子も呼んだんだけど、その子の友達が来られなくなってさ。女の子が一人じゃ来にくいだろ」

三十手前にもなって、兄は高校生のようなことを言った。

夜は予定がなかったし、両親も今夜は親戚の家へ出かけると聞いている。どうせ家にいても一人の夕食だ。

兄が奢ってくれると言うので、知らない顔ばかりの飲み会だが、参加することにした。

自宅から歩いて行ける距離にある居酒屋は、カウンター席と、その後ろにぎりぎり八人が座れる座敷があるだけの、こぢんまりとした店だ。

客は私たちだけだったが、店の外に車が停まっている。私と兄は徒歩だったが、飲み会だというのに車で来た者がいるようだった。

集まったのは、私と兄を入れて、男四人、女二人。

私以外も、全員が知り合いというわけではないらしい。

「妹の千果子」

兄が私を紹介すると、二人の男性が驚いた顔をした。

そのうちの、三十前の割にはおなかが出ているほうが、えー、千果子ちゃん、大人になったなあ！　と声をあげる。兄とは高校の同級生で、私が子どものころ会ったことがあるらしいが、覚えていなかった。だいたい、大人も何も、もう二十三だ。曖昧に笑っておいた。

もう一人の痩せた男性は、「妹さんを連れてくるとは聞いていなかったから」ともごもご言っている。「好みのタイプでしたか？」などと兄がからかうと、彼はシャイな性格らしく、困った顔をして笑うだけだった。

彼は、川本浩（かわもとひろし）と名乗った。彼だけが、この中では兄以外の全員と初対面らしく、最初に自己紹介をする。兄と同じ高校の出身らしいが、学年は兄より上で、最近知り合って親しくなったらしい。

それから、兄の会社の同僚二人。地元の企業というだけあって、彼らも高校は同じだそうだから、この集まりは、学年はばらばらだが、同窓会のようなものだ。出身校が同じというだけで、なんとなく仲間意識が生じて、打ち解けるのも早くなる。

最初は、食べるだけ食べてさっさと帰るつもりでいたが、思っていたほど居心地は悪くなかった。

今は校長になっている元教頭の話など、共通の話題もあり、そこそこお酒も進む。

しかし、保健室の先生が可愛かった、という話から、お決まりの初恋の話になると、私は混ざれなくなった。

私の初恋の話は、ここで期待されているような話題からは趣旨が外れてしまうし、笑われるのも馬鹿にされるのも、反対に興味を持たれてあれこれと質問されるのも嫌だった。

とっくの昔に立ち消えてしまった気持ちとはいえ、こんな酒の席で一時の話のタネにするのは違う気がした。

適当に話を作れればいいのだが、あいにくそれほど器用ではない。それに、そもそも、恋愛話は得意ではない。

話題が変わるのを待ちながら、テーブルの端でお好み焼きをつついていたら、反対側の席で川本さんも明らかに居心地が悪そうにしているのに気がついた。

そういえば、さっきから、ときどき目が合う。

好みのタイプかと兄が訊いていたが、あながち間違いでもなかったのかもしれない、と心の中で自惚（うぬぼ）れて、猫背になりかけていたのを直した。

川本さんは、特別ハンサムというわけではないが、優しそうで、品が良くて、割合好みのタイプだった。

席を移動してまで自分から話しかけるほど積極的にはなれず、彼もまた、間に座った兄ごしにわざわざ声をかけてはこない。

けれどその後も何度か、目は合った。

年末ということもあり、十時過ぎにはお開きになった。

車で来ていた兄の同僚が、兄が狙っていると言っていた女性を送っていき、兄は悔しそうにしていたが、酔っていて陽気になっているのもあってか、すぐに気を取り直したようだ。

「川本さん、うちに来てもうちょっと飲みませんか。店じゃあんまり話せなかったし、よかったら泊まっていってくださいよ」

あまり話せなかったのは、兄が同級生や同僚たちとばかり話して盛り上がっていたからだろうと思ったが、私も、川本さんとはもう少しちゃんと話したいと思っていたから、どうぞ、と賛成する。

川本さんは迷っている様子だったが、兄に繰り返し勧められて頷いた。

三人で、酔いを覚ましながら歩いて帰る。酒屋はもう閉まっていたが、酒類は家に、正月用に色々と買い揃えたものがあるはずだ。

「兄とはどこで知り合ったんですか？　ＯＢ会とかですか」

「今年の夏に、書店で偶然、同じ雑誌を手にとろうとして……」

「何だか映画みたいですね」

「残念ながら男同士だったから、ロマンスは始まらなかったけどね。こういうの興味あるんですかって話しかけられて、それがきっかけで……その後喫茶店で話もして、盛り上がっちゃって」

「その雑誌がさ、文春の八月号だよ。三億円事件の記事が載っていたんだ。衝撃の事実って。おもしろかったぜ。千果子も読めよ」

兄が話に割り込んでくる。

なるほど、マニア仲間を見つけたと喜んで、兄から声をかけたわけだ。

「三億円事件に興味があるんですか?」

「うん、まあ……地元で起きた事件だしね」

川本さんは、兄より二つ三つ年上に見える。彼の年代で、このあたりの出身なら、捜査の対象になっていてもおかしくないから、それがきっかけで興味を持ったのかもしれない。兄と同じだ。

そういえば、この道をずっと行って左に曲がれば、事件のあった学園通りだ。

もうずいぶんと、あの道は通っていない。

自宅に着くと、両親はまだ帰っていなかった。

もうじき帰ってくるだろうから、兄の部屋で飲むことにする。

兄が台所から瓶ビールを持ってくる間、私は川本さんと二人で話をした。

川本さんの実家は国分寺にあるが、今は横浜で働いていて、兄と会ったときは、早めの夏季休暇で実家に戻ってきていたそうだ。

三十一歳で、独身だという。

あまり自分から話すタイプではないようだったが、にこにことこちらの話を聞いてくれて、どこか懐かしいような、ほっとする雰囲気があった。

しかし、八歳という年の差のせいか、彼のほうからは踏み込んで来ず、様子を見ている、というような印象を受けた。訊かれたことには答えてくれるが、あまり積極的に話しかけてはくれない。――居酒屋で目が合ったことを考えると、私にまったく興味がないわけでもない、と思いたいのだけれど。

話が途切れ、さほど苦にはならない短い沈黙の後、私は意を決して、さっきの話ですけど、と口を開いた。

「私、実は三億円事件を目撃したんです。小学五年生のとき」

思ったよりも抵抗なく、するりと口にすることができた。

自分から、この話題に触れるのは初めてだ。どうして話す気になったのか、自分でもよくわからない。ただ、川本さんの興味を引きそうな話は、これくらいしかなかった。

しかし、川本さんは驚いた様子もなく、穏やかな表情のまま、「そうらしいね」と頷く。

「淳一（じゅんいち）くんから、目撃者だってことだけは聞いたよ」

とっておきの話題だったはずなのに、あっさりとそんなことを言われてしまう。

ちょうど兄が両腕にビール瓶を抱えコップを持って部屋に入ってきたので、私は右腕を伸ばし、「ちょっと」と、兄のふくらはぎを手で叩いた。

「いてっ。何だよ」

「もう、勝手に人に言わないでよ。三億円事件のこと」

「言いふらしてるわけじゃないぜ、川本さんと会ったきっかけがきっかけだったから」

そりゃあ言うだろう、と兄は悪びれた風もなく言う。

「川本さんもおまえの話を聞きたそうだったから、それで今日もちょうどいいと思って声をかけたんだよ。おまえにも、川本さんにもな。驚かせようと思って言わなかったけど」

冷えた瓶ビールを三本、床に置き、ガラスのコップも三つ並べながら、川本さんのほうを見て言った。

「こいつ、警察に証言しなかったんですよ。犯人の顔、ばっちり見たってのに」

「証拠がいっぱい残っていたって聞いたから、私の証言なんてなくたってすぐつかまると思ったのよ」

「嘘つけ。モンタージュ写真が全然似てないって言ってただろ」

兄は膝で瓶を挟んで押さえるようにして、瓶の口に栓抜きを当てる。ぷしゅっといい音をたてて王冠が外れたので、私が瓶をとって「どうぞ」と掲げてみせると、川本さんは小さく頭を下げてコップを手にとり、私の下手なお酌を受けた。

「あのころ、ローラーっていうか、近くに住んでた若い男、かたっぱしから調べたみたいなことあったでしょう。川本さんのところにも来ました？」

「僕は当時、川崎で一人暮らしをして大学に通っていたから、免れたよ。でも、地元の友達とか、後輩とか、何人も調べられたって聞いた」

「あ、私も今川崎なんです。働いている会社の近くに部屋を借りていて。小さな文具会社なんですけど」

「そうなんだ。どのあたりかな」

思わず口を挟むと、川本さんが兄から私へ視線を移す。

兄は三億円事件の話の腰を折られて不服そうだったが、川本さんは川崎に昔からあるおいしいお弁当屋さんや和菓子屋さんのことを色々と教えてくれた。

嫌みなところがなくて、話しやすい人だ。

私は川本さんと、もっと普通の話がしたかったのだけれど、兄は私の手から瓶をとって残り二つのコップにビールを注ぐと、そのうち一つを私の前に置き、「それで、三億円事件の話ですけど」と、強引に話題を戻してしまった。

「事件の後、俺も警察に取り調べされたんですけど、そのときまでこいつ、犯人を見たってこと、家族にも黙ってたんですよ。わけがわからないでしょう。俺だったら、あんな大事件目撃したら、学校で自慢しまくってたな」

「そうなんだ。どうして言わなかったの？」

「どうしてかな……わかりません。なんとなく、自分だけの秘密にしたいような気がして」

兄や母に訊かれれば反発したかもしれない質問だったが、不思議と抵抗なく、答える気になった。彼の訊き方がごく自然で、責めるようなところがまったくなかったからかもしれない。

犯人に一目惚れしたから、と言ったら呆れられるだろうか。言葉にするのは難しかったが、もう少しちゃんと説明したくて、考えながら話した。

「その、犯人が、悪い人には見えなくて……最初は、本物の警察官だと思ったんです。ニュースで観て、違うって知ったんですけど、それでもやっぱり、悪人だとは思えなくて」

兄は「強奪事件の犯人なのに？」と不思議そうだったが、川本さんは時折頷きながら静かに聞いてくれる。

強奪事件の犯人だとわかった当日はショックを受けたのもあって、言い出せずにいたこと、翌日兄が警察に呼ばれたと聞いたときは、警察に話そうと思ったが、すぐに兄が釈放され、その機会を逸したことも話した。兄も、当時のことを思い出したようだ。そういえばそうだったなあと、懐かしそうにしている。

「母も、証言なんかして犯人の恨みでも買ったら怖いって反対したし、兄が疑われた後で私が証言なんてしても、警察は信じないだろうって思ったし、それなら、意味ないかなって……むしろ、兄が余計に疑われることになったり、私も嘘つきだと思われるかもしれないし。証言なんかしたって、いいことないじゃないですか」

本当は、当時の私はそんなことまで考えていなかった。

誰も傷つけずに大金を奪い去ったことが、かっこよくさえ思えて、彼がこのままつかまらなければいいと、私は確かに思っていた。

それを上回るだけの、証言する理由がなかったというだけの話だ。

「犯人がつかまったって、別に、誰かが助かるとか喜ぶわけでもないですよね。消えたお金は保険で補塡されたわけですし……誰も傷ついていないなら、わざわざ、やっきになって犯人をつかまえなくてもいいんじゃないかなって。実質的な被害者がいなかったから……そうでなければ、違っていたかも」

「いや、一概に、被害者がいなかったとは言えないぜ。確かに犯人は、誰にも暴力はふるっていないし、三億円にも保険がかかっていたから、国内に直接的な損害を被った人はいないってことになってるけど」

一杯目のビールを早速飲み干して、自分のコップに二杯目を注ぎながら兄が口を挟む。

「取り調べ予定だった被疑者の一人が自殺しているし、誤認逮捕されて人生がめちゃくちゃになった人もいる。捜査にあたった警察官の中には、過労死した人もいたっていうし……彼らは、三億円事件の被害者だろ」

「そうなの？」

そういえば、顔写真まで新聞に載った後で、誤認逮捕だとわかった人がいた。訂正の記事が載るまでは数日のことだったと思うが、確かに、あれだけ大きく報道されれば、本人の周囲は大騒ぎになっただろう。家庭や仕事にどれだけ影響が出たかは、想像に難くなかった。

「当時府中市に住んでいたどこぞの会社の運転手が重要参考人として新聞に載って、その後逮捕されたんだけど、結局、後でその運転手にはアリバイがあることがわかったんだ。重要参考人の段階から、結構大きく取り上げられていたけど、逮捕されたとたんに新聞がドーンと名前に顔写真まで載せたもんだから、俺も、オッこいつが犯人か、って思ったよ。読んだ人は皆そう思ったんじゃないかな。職場を転々としたとか、プライバシーにもかなり踏み込んだ内容だったし」

さすが、三億円事件についてはマニアのように関連記事を読み込んでいるだけあって、兄は詳しい。

ゆっくりと二杯目を飲みながら、滔々と話してくれる。

「逮捕前は社会面の記事だったけど、逮捕されたとたんに一面トップだ。完全に犯人扱いだった。けど、逮捕自体は別件逮捕で、その時点でその運転手が犯人だって証拠は出てなかったっていうんだから、ひどい話だよ」

兄の話では、この運転手は、この騒動のせいで事件当時の勤務先を退職し、その後も有名になりすぎたせいで就職が決まらなかったり続かなかったりと、相当な苦労をしたそうだ。時効成立時など、かなりの数の取材記者に追い回され、精神的に参って入院までしたというから、誤認逮捕で人生をめちゃくちゃにされた、という兄の言は決して大げさとは言えない。

「俺たち一般人からしてみれば、あれだけ大掛かりな捜査をして、ようやく一年も経ってから容疑者逮捕ってなったら、そりゃ、間違いないんだろうって思うよ。マスコミも飛びついて騒ぎ立てて、それで結局、間違いでした、なんて言われたってなあ」

自身も取り調べられた経験からか、まるで自分のことのように憤慨した様子で、兄が言う。

「実はこの事件では、警察側はいくつもミスを犯している。事件直後から、かなりの人数を動員して捜査に当たっていたのは確かだけど、実際には初期の段階から、結構漏れとか手落ちがあったみたいなんだ。たとえば、バイクや車を運転できる若い男、ってことで容疑者を絞ったとき、都内在住者の免許証から、運転技術のある対象者をリストアップしたそうだけど、免許の登録が都内じゃない人はリストから外れていたらしい。実家が都外にあってこっちに通学しているとか、そういう人もいるだろ。そのへんは全部外れていたわけ」

俺なんか、バイクには乗っていたけど車も持ってなかったのに、と不満げに続けた。

実家はこちらにあるが、当時川崎に住んでいたという川本さんが取り調べを免れたのも、同じ理由だろう。犯人と同年代で運転免許を持っていた男性のうち、どこで免許証を登録していたかによって明暗が分かれたということだ。もしかしたら、真犯人も、それが理由で取りこぼされていたかもしれない。

「顔がモンタージュに似てたってのも、その運転手が疑われた理由の一つだったたみたいだけど、そもそもモンタージュ自体が、かなり不正確なものだったらしいから——千果子も、そんなこと言っていたよな」

「うん……確か、そんなに似ていないなって思った気がする。雰囲気とか」

「普通は、目撃者たち一人一人に話を聞いて、目とか鼻とかのパーツを組み合わせて、本物に近い写真を作るのがモンタージュだろう。けど、急いで公表しなきゃいけなかったから、手抜きしたのかな。当時最有力の容疑者だった男に似た写真を探して、犯人のモンタージュ写真として公表したっていうんだから、杜撰すぎるよ。たまたまその写真に似ていたからって逮捕されたんじゃ、たまったものじゃない」

誤認逮捕された府中の運転手の顔は、新聞やテレビで取り上げられ、日本中に広まった。私も見た。

現場で見た犯人とは顔が全然違ったから、私が何かするまでもなく、すぐに釈放されると思っていた。実際にその通りになって、私は特に深く考えずにいたが、もし私が事件直後に犯人について証言していたら、その人は誤認逮捕されることもなかったかもしれない。私の証言にどれだけ影響力があったかはわからないけれど。

「俺に言わせれば、やっぱりこの運転手が、一番の被害者だよ。アリバイが認められて釈放されてからも、近所の人に白い目で見られたり、相当ひどい目にあったらしいから。少年Aだけじゃなく、この運転手だって、自殺していたっておかしくなかったんだ」

「少年A？」

新しい名前が出てきたので訊き返す。

兄と同じ雑誌を読んだという川本さんが、捜査の初期段階で、捜査対象としてあがっていた不良グループの一人だよ、と教えてくれた。

兄も、そうそう、と頷く。

「少年Aだったかな S だったかな、文春には何て書いてあったんだっけか……とにかくその少年が、まさにあのモンタージュのモデルになったって言われている、最有力の容疑者だったんだ。非行歴があって、自動車とバイクの免許を持っていて、所属していた不良グループが自動車窃盗の常習犯だったこととか、発煙筒を使った強盗をした仲間がいたことなんかもわかって、犯人の要件にぴったり当てはまってた。おまけに、生まれてまもなく両親を亡くしたAの父親がわりだった義兄——実姉の夫だな。この人は、現役の白バイ警官だったんだ」

事件前に現金輸送車を襲えば金になるって話をしていたって証言もあったとか、と兄が、二杯目のビールを飲み干して言った。

「警察はAが犯人に間違いないと考えて、Aに似た人の写真を探して、それにヘルメットをかぶせたものを、目撃者たちに見せたんだってさ。それがあの杜撰なモンタージュ写真ってわけだ」

　それだけの状況証拠があったなら、少年Aが犯人だと警察が決めてかかったのも無理はないと思うが、モンタージュがきちんとした手続きを踏んで作られなかったというのは、やはり大失敗だろう。

　犯人の顔をほとんど覚えていなかった目撃者たちは、写真を見せられて「似ている気がする」と答え、その結果、それが犯人の顔として全国に広まることになった。

　もしかしたら、曖昧だった記憶が、写真を見たことによって塗り替えられてしまい、目撃者たちも本当に犯人の顔がモンタージュの男にそっくりだったと、思い込んでしまったのかもしれない。

「その最有力の容疑者が、自殺したの？」

「逮捕直前にな。警察が、逮捕状を持って家を訪ねた後だ。Aは留守だと言われて、警察は白バイ隊員だったAの義兄に、Aに自首を促すように話したらしい。Aは義兄と口論して、その夜に、青酸カリを飲んで死んだ。遺書も見つかっている」

　その少年Aが、私の見た彼だったのだろうか。しかし、Aをモデルにしたというモンタージュ写真を見て、私は、彼には似ていないと思った。

　それに、非行歴があり、不良グループの一員だったというのも、イメージに合わない。

一目見ただけの私が彼に対して抱いた印象なんて、あてにならないけれど、なんとなく、しっくりこなかった。

「逃げられないって観念して自殺した、ってこと？」

「遺書には、そういうことは書いてなかったはずだ。それに、少年Aにはアリバイがあって、結局シロって判断されたんだ。だから、その後で府中の運転手が逮捕されたりしたわけだけど」

「なんだ」

それでは、結局、犯人は――彼は、つかまっていないのだ。自殺した少年Aはやはり、彼ではない。少しほっとする。

「最初は、事件当日のアリバイははっきりしなかったらしくて、だから少年Aが最有力の容疑者になったんだけど……前日からAを自宅に泊めていたって証言する人が出てきたんだ。とはいえ証人はAの友人だし、写真なんかが残っているわけでもないから、それだけで完全にシロとは言えないって意見もあるみたいだけどな。これは、俺もそう思う。何なら、証言したAの友人もぐるだったんじゃないかってな。でも、Aがシロだと判断された理由は、当日のアリバイだけじゃなかった」

兄はそこで一度言葉を切った。もったいぶってゆっくりとコップに三杯目を注ぎ、一口飲んでから、改めて口を開く。

「三億円事件は、現金強奪の前に、支店長宅を爆破するって脅迫の手紙が銀行に送られたことが発端だって話しただろ。実はその何か月か前にも、別の……農協だったかな、あとは駐在所か、銀行のほかにも脅迫状が届いていて、筆跡から差出人は三億円事件の犯人と同一犯だとされているんだ。で、そのうちの一通が届いたとき、少年Aは鑑別所にいたことがわかった。鑑別所の中から、脅迫状なんて出せないだろ。それもあって、警察は最終的には、自殺したAをシロだって判断したそうなんだけど……俺としては、この少年Aは、事件と無関係じゃなかったと思うんだよな。鑑別所の中にいたなら確かに、Aが脅迫状を出すのは無理だけど、共犯者がいたなら犯行は可能だ。三億円事件は何人かのグループで計画した犯行じゃないかって説もある。脅迫状を出した人間と、白バイで現金を奪った人間は別だったかもしれない」

なるほど、その可能性は十分にある。

非行少年がたった一人で、銀行や警察を出しぬき、三億円もの大金を強奪する計画を立てて実行できたとは考え難いと思っていた。

「でも、Aが犯人だったなら、どうして自殺なんてするの？　自責の念で、っていうのは変でしょう。人を殺したわけでもないのに」

無実なのに疑われたことに対する抗議として、身の証を立てるため、もしくは、家族にまで疑われて絶望のあまり、というのも、窃盗の常習犯だったという非行少年の行動としてはしっくりこないが、犯人なのに自殺するというのもまた、理解できない。自殺するくらいなら、お金を返して自首すればいい。死刑になるような罪でもない。自分がつかまれば、警察官だったという義兄の立場がないと思ったのだろうか。しかし、非行歴があり、大胆な現金強奪事件を企てた――少なくとも加担した――人間が、そんなことを気にして自ら命を絶つだろうか。

「自殺の理由はわからないよ。世間体を気にしていた家族へのあてつけだって説もあるけど、俺はそもそも、自殺説には懐疑的なんだ。Aは犯行グループの一員だったけど、顔を見られたこともあって、警察にマークされた。それで、真相を闇に葬るために消されたんじゃないかって思ってる」

「えっ、仲間割れで殺されたってこと？」

「あり得ない話じゃないだろ。川本さんはどう思います？」

兄が手を伸ばして、川本さんのコップに新しいビールを注ぐ。

話を振られた川本さんは、うーん、と苦笑して首をひねった。

「僕は、警察の見解と同じで、単独犯だったんじゃないかなって思うけど。複数人のグループだったなら、誰かしら……どこかからぼろを出しそうだろう。時効が成立した今になっても、まだどこからも新しい情報が洩れないということは、よほど強く結束したチームだったか、もしくは、単独犯だったんじゃないかって思う」

「確かに、慎重ですよね。誰か一人くらい、酒の席で恋人に武勇伝として話すくらいのことはしていそうなのに、全然ない。通し番号のわかっている五百円札も結局、一枚も見つかりませんでしたしね」

　川本さんは兄とは違う意見のようだったが、兄は反論するようなことはなく、頷く。三億円事件に関するいくつもの番組や記事に触れてきた兄は、犯人について様々な説があることは承知のうえなのだ。違う意見の相手を論破したいわけでもなく、ただ、事件について話したいだけなのだろう。だから、ほとんど何も知らない私が、兄にとっては基本的なことを質問しても、むしろ嬉しそうに答えてくれる。

「通し番号って？」

「覚えてないか？　警察は、強奪された金のうち、新券だった五百円札二千枚のナンバーを公表したんだよ。けどその二千枚、百万円分は、結局流通しなかった。時効が成立した今でも、どこかで使われたって話は聞かないから、もう処分されてるかもしれないな」

そういえば、事件のすぐ後にテレビでそんなことを言っているのを聞いた気がする。

通し番号を公表したおかげで、犯人の得る利益をわずかながら減らしたと言えなくもないが、結果的には、紙幣から犯人へとたどりつくチャンスを警察自らつぶしてしまったとも言えた。警察としても、苦渋の選択だったのだろうが、それが良かったのか悪かったのか、私にはわからない。

「淳一くんは、複数犯説なんだね？　犯人グループの残りは、今も息を潜めていると。それだけじゃなく、少年Aの死も、グループ内の粛清だと考えている……」

「粛清というより、口封じですね。俺は、三億円事件は、警察の陰謀だったんじゃないかと思ってるんです」

兄はあぐらをかいた脚を一度崩して座り直し、体をわずかに前に倒して、密談でもするかのように低い声で言った。

「警察全体ってことじゃないですよ。捜査自体は真剣にされたんだろうし……でも、事件自体が、警察の一部、具体的に言えば公安の連中が計画したことだったんじゃないかって。学生運動を抑え込むためです。現に、三億円事件の捜査って口実で、このあたり一帯はしらみつぶしに調べられて、過激派のアジトはことごとくつぶされた。そして、事件をきっかけに、学生運動は収束した」

冗談で言っているわけではないらしい。

陰謀説なんて、普通なら一笑に付すところだ。しかし、兄の言うとおり、当時は学生運動の最盛期だった。公安が、反政府団体を検挙する大義名分を欲しがっていたのは間違いない。事件がきっかけで、取り締まりが一挙に進んだのも、まぎれもない事実だった。

「非行少年の犯行にしては手が込んでいて、周到に計画されている。計画を立てたのは、Aじゃなくて別の人間のはずです。白バイや、警察の動きにも詳しい人間が加担したはずだ。バイクを運転していた実行犯、脅迫状を送った人間、それからほかにも、逃走用の車を手配したり、色々と手引きをした人間がいる。何人かが加担していたのに、どこからもまったくぼろが出ないっていうのは、川本さんの言うとおり、不思議な話です。統制がとれすぎている。結局、強奪は驚くほどうまくいき、捜査は驚くほどうまくいかなかった。国内には経済的損失を被った被害者はいない。では、得をした人間はいないか？　それを考えてみたときに思い浮かぶのは、公安があれだけ手こずっていた学生運動が、事件を機に収束したという事実です」

確かに、公安には事件を起こす動機がある。

最初に聞いたときは荒唐無稽だと思ったが、こうして説明されると、兄の説には一定の説得力があった。

「白バイ隊員の義弟の少年Aは、実行犯役として利用されたんだと思います。彼自身が、公安の手引きで動いていたことを知らなかったかもしれない。となると当然、彼の死にも裏がある」

「Aが逮捕されそうになって、そこから陰謀が明るみに出ることを防ぐために、公安が自殺に見せかけて殺したっていうこと？」

私が口を挟むと、兄は我が意を得たりとばかりに頷く。

「自殺に使った青酸カリは、Aの義兄が、イタチ退治のために入手しておいたものらしい。けど、青酸カリの瓶を包んであった新聞紙からは、Aの指紋は出なかったそうなんだ」

それは確かに怪しい。

川本さんも、なるほど、というように顎を撫でた。

「公安が黒幕だったとしたら、ほかに加担した民間人がもしいたとしても、名乗り出たりはしないだろうね。時効が成立してからも。複数犯でも、情報が洩れていない理由に説得力があるな」

「兄さんの言うとおり公安が黒幕だったかどうかはさておき、毒の包装紙に指紋がなかったっていうのはおかしいですよね。自殺じゃなかったたっていうのは、本当にそうかも……」

　私が言うと、兄はむしろおもしろがるように身を乗り出す。

「千果子は公安黒幕説には否定的か。公安の陰謀じゃなかったなら、誰がAを殺したんだと思う？」

「うーん、自殺じゃないなら、やっぱり、義兄……かなあ。単純に、自宅にいたAに毒を飲ませることができた人間は限られるし」

　絶対にないとは言えないが、やはり、学生運動を取り締まるために警察がそこまでするというのは、私の想像できる範囲を超えていた。架空の犯罪をでっちあげるにしても、あそこまで派手にやる必要があったかも疑問だ。それよりは、警察官の義兄が、義弟の罪を知って、自分の手で罰した、と考えるほうが理解できる。

　動機以外にも、気になる点はあった。イタチ退治のために青酸カリを手に入れた、というのもよくわからないし、それを非行歴のある義弟が簡単に使えるような方法で保管していたというのも、警察官として甘すぎる気がする。

「動機は？」

「Aのしたことを知って、償わせるためというか……保護者として自分が償わなければ、みたいな気持ちで殺したのかなって」

私が言うと、兄は甘いな、とえらそうに鼻を鳴らした。

「だったら何も殺さなくても、告発するなり自首を促すなりすればいいし、殺したにしても、その後自分も自首するだろう。義兄も公安の陰謀に加担していたんだよ。そうでないなら、世間体のためか……Aが奪った金を自分のものにするために殺したのかもしれない」

「それはそうかもしれないけど、それが真相だとしたらあんまりじゃない」

口をとがらせて反論したが、まあ、そこは兄の言うとおりだろう、と私も思う。金目当て、というのはさすがに情がなさすぎるにしても、義弟に自分の手で裁きを、というのも、動機として納得できるものではない。

世間体のため、義弟が逮捕される前に真相ごと闇に葬ってしまおうとした、というのが一番ありそうだ。

それなら、Aに青酸カリを飲ませたのは義兄とは限らない。姉かもしれない。

警察官の妻だったのだから、少年Aの姉も、世間体は気にしていただろう。弟が不良少年では、苦労しただろうし、夫に対して申し訳なさもあったはずだ。困り果て、夫の立場や自分の生活を守るために、弟に毒を盛ったという可能性もある。

少年Aに仲間がいたとしたら、Aが死んでしまった後で、自分が共犯でしたと名乗り出ることはしないだろう。罪の意識からも、保身のためにもだ。

真相を闇に葬るために義弟まで殺すような義兄――実姉かもしれないが――に、目をつけられるようなことはしたくないに決まっている。

「まあ、実際のところどうだったのかなんて、こうして推理するしかないわけだけどな。府中の運転手は、まったくの無関係だったのにひどい目に遭ったし、一番有力な容疑者だったAも死んだ。警察官だって、大変な思いをして捜査をした。三億円事件は、巷で言われているほど、恨みも憎しみも生まなかったキレイな犯罪ってわけじゃないってことは確かだ」

兄の言うとおりだった。

少年Aが犯人の一味ですらなく、まったくの無関係だったとしたらもちろんのこと、彼が犯人グループの一員だったとしても、彼の死は悲劇だ。

公安に利用されて殺されたにしろ、家族に世間体のために殺されたにしろ――彼自身が選んだ死だったにしろ。

無関係だったことがわかっている府中の運転手は、無実の罪で追い回され、おそらく今も苦しみ続けている。その家族も同じだ。少年Aの両親だって、被害者だった。

三億円事件は、胸のすくようなヒーロー物語などではなかった。

私が知ろうとしなかっただけで、最初からそうだったのだ。

「公安が黒幕だった場合は……警察のえらい人の考えることなんて、私にはわからないけど。そうじゃなかったなら……実行犯が少年Aの仲間だったにしろ、Aとは無関係な単独犯だったにしろ、こんなことになるとは思っていなかったでしょうね」

私はうつむいて、もう冷たくはなくなったコップを膝の上に下ろす。

思わず、口からこぼれていた。

「だったら、彼も……辛かっただろうな」

誰も傷つかずに済むはずだった、そういう犯行を計画した人だ。そんな結果は望んでいなかったし、想定していなかっただろう。Aの死や、誤認逮捕の騒動に、ショックを受けたはずだ。

兄も、川本さんも、驚いた顔で私を見ている。

「私が見た実行犯は、少年Aじゃなかったと思う。だったら、犯人はどこかでAの死や誤認逮捕を知ったはずでしょう。被害者が出ないはずだったのに、色んな人が傷ついて、きっと彼は後悔したのよ。時効が成立してからも、通し番号のわかっているお金が使われていないのは、そんなお金を使うべきじゃないって思ってるからかも。もしかしたら、番号がわかってないお金だって、使えずにいるかもしれない」

「いやいや、それはさすがに夢を見すぎだろうよ」

兄が、それは聞きのがせないというように声をあげた。

「共犯者だか実行犯だかが息を潜めているとしたら、その理由なんて、保身のために決まっている。時効で罪には問われなくても、あの事件の犯人だなんて知られたら、まともに生活できなくなる。府中の運転手みたいにな。そうでなきゃ、怖くなったんだろう。公安が絡んでいたにしろ、Aの義兄がやったにしろ、共犯者のAが自殺に見せかけて殺されたなら、自分も殺されるかもしれないって。奪った金を使っていないとしても、事件直後や時効成立後、急に羽振りがよくなったせいで疑われるのを恐れてのことだよ」

「そうかもしれない、そう考えるのが自然なのかもしれないけど……わからないじゃない」

三億円事件は悲劇だったと、彼はヒーローではなかったと、頭ではわかっているのに、ついかばうようなことを言ってしまう。

兄にとっては、三億円事件の犯人は「犯人」という記号でしかない。しかし私はどうしても、「犯人」を一人の人として、あの日、雨の中を走り去った彼として思い浮かべてしまうから、あまり悪く言うことができなかった。

「私が見た人は、堂々としていたし、悪い人には見えなかったのよ」

「それは、千果子がそいつを警察官だと思っていたからだろう。まったく」

兄は呆れた様子で言って、私のコップにもビールを注いでくれる。私は兄ほどお酒に強くはないので、もう十分だったが、せっかくなのでありがたく受ける。

「どうもおまえ、三億円事件の犯人に同情的っていうか、味方しているみたいに聞こえるぜ。そんなにいい男だったのか？」

「そういうわけじゃないけど……感じのいい人だった」

あれが私の初恋だったのだとは、言えるわけもない。

私が口ごもると、兄は不思議そうにしていたが、まあいいか、というように最後に残ったビール瓶を引き寄せ、栓を開けた。

「じゃあ、千果子、もし、ある日突然目の前に三億円事件の犯人が現れたらどうする？この人が犯人ですって、警察に言うか？」

「ええ？　うーん……もう時効になっている事件だし……」

一目惚れした初恋の相手と、ある日どこかで、突然再会する。そこから、映画のようなロマンスが始まる。少女の空想としてはありがちだし、確かに、再会する場面は私も何度も思い描いたが、私は当時も、一度も、その後を想像したことがなかった。再会して、その後どうするかを考えたことはなかったのだ。

たとえば、あなたの秘密は守るわと、自分が彼に誓い、彼が微笑む――そんな夢見がちなやりとりすら、想像しなかった。

私の初恋は、始まった次の瞬間にはもう終わって、そこから先に物語が広がるはずもないことを、子どもながらに理解していたのかもしれない。

大人になった今ならばなおさらだ。再会したところで、さすがにもう、彼に対して何の感情もない。たとえば、今も指名手配されているというような事情があったら、通報したかもしれない。しかし、悪感情もないから、わざわざ終わった事件を蒸し返そうとも思わなかった。

「たぶん言わない、かな。さっきも言ったけど、犯人が見つかっても、今さら誰のためにもならないでしょう。時効が成立しているから、罪になるわけでもない。十年以上経って、今は落ち着いているだろうその人の生活を壊すだけだもの」

彼に対する好意とは無関係に、必要を感じない、という理由でそう答えたつもりだったが、兄はそうとらなかったらしい。川本さんと自分のコップにビールを注ぎながら、ほうら、というようににやにや笑う。

「やっぱり、千果子は犯人に同情的だ。好意的と言ってもいい。さては、ファンなんだろう。興味のないふりをしていたけど、あの事件の犯人をヒーロー視する人は少なくないからな」

「そういうわけじゃないってば……でも、そのときになってみないとわからない。第一、十年以上経っているんだから、顔を見たって、わからないかもしれないし」

十年も経てば、多少は顔の印象も変わっているだろう。それに、彼だって、複数の人間に顔を見られたことはわかっているだろうから、整形手術くらいは受けているかもしれない。何せ、モンタージュ写真が公表されるほどの大事件の犯人なのだ。

あのモンタージュは、あまり似ていなかったけれど。

「でも、もっと早く、記憶も新鮮なうちに、警察に話していればよかったんだろうなって、さっきの話を聞いて思った。当時は、間接的な被害者のことなんて考えもつかなくて、自分には関係のないところで起きたことだって思ってたし……むしろ自分だけが知っているってことが嬉しいような気持ちでいたの。警察が聞いてくれたかはわからないけど、話すべきだった。兄さんが警察に連れていかれたって聞いたときは、証言しなきゃと思ったけど、釈放されたら、もうそんな気持ちは消えて、思い出しもしなくなった」

「まあ、そうだな、自分や家族に関係してこなければ、結局他人事だからなあ」

それ以降は、警察に行くどころか、事件のことを知ろうとさえしていなかったから、事件の陰に、人生を壊された被害者たちがいたことも知らなかった。私が子どもじみた初恋に酔っている間に、無実の誰かが苦しんでいるなんて考えもしなかったのだ。

愚かだったと思うけれど、十年以上も昔のことだ。今さら悔いても仕方がないし、今、犯人を探して証言したとして、それが償いになるわけでもない。

「千果子さんは、犯人を見て、それが淳一くんじゃないってことを証言しようとしたんだよね。もし、目撃した犯人がお兄さんに似ているって思っていたら、どうしていた？」

それまでは私と兄のやりとりをただ見守っていた川本さんが、そんなことを言い出した。

空気が沈みかけたのを察しての、彼の気遣いかもしれない。

「そうですね……言わなかったと思います。今だったら、自首するように説得しますけど、当時は、私、まだ小学生でしたし」

正直に答えた。

「正しくはないですけど、やっぱり、家族のほうが大事だから……被害者がいない事件だって思っていたのもありますし」

「そうか、それはそうだよね」

川本さんはそれはそれを咎めるようなことはせず、理解を示してくれる。

もしも自分が犯人だったら、という仮定の話に、兄も興味をそそられたらしい。あぐらをかいた姿勢のまま、ずりずりと私のほうへ近づいた。

「あ、じゃあ、実はおまえが見たのは俺の仲間で、俺も三億円事件の犯人一味だったって、今わかったらどうする？」

「言ったでしょう、もう時効になった事件だもの、言わないわよ。赤の他人だって言うか言わないか迷うところなのに、家族のことを告発したりしない……あ、でも、私今、ウォークマンがほしいんだった。それから、新しい靴とワンピースと、ハワイに旅行に行きたいな、って兄さんに言うかもね」

「ちゃっかりしてるなあ」

「口止め料としては正当よ。三億円も持っているなら、もっと還元してほしいくらい。……でも、まあ、言わないってこと。兄さんを警察に売ったりしないから安心して」

仮定の話なのに、本当に高級品をおねだりされたかのように眉を下げる兄がおかしくて、私はわざと澄ました調子で言う。

「それに、誤認逮捕されただけの人でも、時効成立後までそんなに騒がれたんだもの。

真犯人だなんてことになったら、大騒ぎになるでしょう。私まで追い回されるに決まっているもの、真犯人の妹って」

「確かにそうだ」

安心しろよ、犯人じゃないから、と兄は笑った。

川本さんも笑顔だ。残念だったね、ハワイ旅行、と言われて、本当に残念、と返したら、目が合って微笑まれる。

彼のコップにはビールが半分以上残っている。居酒屋でもあまり飲んでいなかった気がするから、お酒をたくさん飲む人ではないようだ。

そんなところも好ましく思えた。

そして私は、占い師の言葉を思い出していた。

運命の人には、十二月に出会う。

＊＊＊

川本さんとは、兄に勧められて連絡先を交換した。

連絡なんて来ないだろうと思っていたけれど、川崎のアパートに戻ってから電話があって、何度か二人で会った。

年末に初めて会ったときはほとんど三億円事件の話しかしていなかった。それも川本さんは聞いていただけで、話していたのは兄と私ばかりだったのに、私のどこを気に入ってくれたのか。

ずっと不思議だったから、結婚を前提につきあってほしいと交際を申し込まれたとき、理由を訊いてみたところ、

「情に厚くて、人の善いところを見ているようなところ」

が好いと思った、という答え。

嬉しかったが、私は誰に対しても情が厚いというわけではない。

私が三億円事件の犯人を悪い人ではないと思ったり、かばうようなことを言ったのは、彼に好意を持っていたからだし、兄が疑われているとわかったら証言しようとして、釈放されたらもう忘れてしまうというように、私の行動原理は、自分本位だった。

騙しているわけではないのだけれど、申し訳ないような気持ちになって、実は、小学生だった自分にとって、あれが初恋だったのだと打ち明けた。

馬鹿にされてもおかしくなかったけれど、川本さんは笑ったり呆れたりはしなかった。驚いてはいたけれど、すぐに微笑んで私の手をとり、

「話してくれてありがとう。正直で、ロマンチストで、そういうところを、愛らしいと思うよ」

優しくそう言ってくれた。

私は舞い上がった。

自分のような地味な会社員に、こんな王子様のような人が現れるなんて。

特別お金持ちでも、派手な容姿でもないけれど、川本さんは優しくて、誠実だった。

書店での兄と川本さんの出会いや、あの飲み会の夜がきっかけだったことを考えれば、三億円事件が引き寄せた縁とも言える。

私は兄と運命に感謝した。

「ねえ、兄さんが言っていたこと、あれからちょっと考えたんだけど——少年Aは犯人の一味だったかもしれないけど、白バイに乗って現金輸送車を停めた実行犯は、やっぱりAじゃないと思うの」

二人のお気に入りの喫茶店で、アイスクリームを付け合わせのウエハースですくいながら、ふと思いついて言った。

つい最近実家に立ち寄ったとき、兄が古い雑誌を処分するのを手伝っていて、その話になったのだ。兄ほどではないにしろ、川本さんも三億円事件には興味を持っている風だったから、おもしろがってくれるのではないかと思った。

「だって、白バイ隊員の妻の弟だったのよ。義兄の同僚の警察官にも顔を知られているかもしれないし、そうでなくても、いつだって、知られる可能性がある。親代わりの義兄の同僚と顔を合わせる機会なんて、いつあるかわからないでしょう。そんな人が、堂々と顔をさらして実行犯になるかしら。まして、義兄と同じ、白バイ隊員の真似事なんて」

白バイ隊員の義弟であった彼の知識は、偽の白バイ作りに協力したり、実行犯に演技指導をしたりするために役に立っただろう。当日はアリバイがあるものの、怪しいと兄が言っていたから、もしかしたら、証拠を隠滅したり、逃走用の自動車を手配したりと、事件当日も何らかの手助けをしていた可能性もある。

しかし、輸送車を運転して逃げた実行犯は、やはり、別にいたのではないか。

「その実行犯が、時効になっても名乗り出ないし、お金も使わないでいるなら、それはやっぱり、仲間が死んでしまったこととか、自分のしたことで無実の人が苦しんだこととか、そういうことに対する罪の意識からじゃないかって――あなたはどう思う？」

もちろん、彼が生きているとしても、兄が言っていたとおり、単に保身のために身を隠している可能性のほうが大きいことはわかっている。

それに、そもそも私の推理は机上の空論で、私の見た彼が少年Aだった可能性もあった。結局私は、彼が自殺したなんて思いたくない。彼は本当はいい人で、今も罪を悔いながらどこかで生きていると信じたいだけかもしれない。

名前も素性も何も知らない、ほんの一瞬見ただけの相手なのに、不思議だった。

川本さんに出会う前にも何度か恋はしたし、その誰のことも、ちゃんと好きだったけれど、初恋は、あの瞬間のときめきは特別だった気がする。

「そうかもしれないね」

川本さんは、アメリカンのカップをソーサーに下ろし、

「でも、答え合わせはできないんだから、考えても意味がないよ。確かに実行犯はどこかで生きているのかもしれないけれど、もう会うこともないだろうし——どこかで会っても、千果子さんとは、関係のない人だ」

いつもどおりの穏やかな口調で、そう言った。

「できれば、もう事件のことは考えないで、彼のことも忘れてほしいかな。きみが犯人を見たことが広まったら、犯人に狙われるかもしれないし、マスコミに追い回されるかもしれないし——それに何より、きみが初恋の人のことを考えているのはちょっと、複雑な気持ちだから」

そこまで言って、照れくさそうに目をそらす。

「つまり、ただのやきもちだ。……恥ずかしいね。ごめん」

私が、小学生のときの、幼く愚かな思い込みだけで恋した相手を今でも憎からず思ってしまうロマンチストだということをわかっていて、わざとこんなことを言っているのだろうか。だとしたら大成功だ。私は彼に夢中だった。

私はこの後、彼からプロポーズされた。

彼は通勤に使っていたバイクを売って、私のために指輪を買ってくれたらしい。

私は彼がバイクに乗ることすら知らなかった。いいのかと訊いたら、「結婚したら、どうせもう、バイクには乗らないつもりだったから」と、川本さんは晴れ晴れとした顔で答える。

「滅多なことはないと思うけど、安全のためにね」

それは彼の誠意だった。

結婚すればもう、自分一人の体ではないのだと、彼は私に対して責任を持とうと思ってくれているのだ。

感動して目を潤ませている私に、

「家族になろう」

と彼は言い、私は「はい」と答えた。

新婚旅行は、ハワイに行くことにした。

川本さんは普段贅沢をしない人だったから驚いたけれど、こういうときに使うためのお金はきちんと貯めてあったんだと、悪戯を成功させた子どものように言う顔を見て、惚れ直してしまった。謙虚で、堅実で、けれど、けちではない。

彼と人生を歩んでいけることを、心から幸せに思う。

私が、三億円事件のことを思い出すことはもうない。

いつかどこかで犯人を見かけることがあっても、私は何もしないだろう。

それに、本当はもう、とっくの昔に、私は彼の顔なんて忘れてしまっていた。

ただ、初恋の人だった、感じのいい人だった、悪い人には見えなかった、モンタージュには似ていなかったと、漠然とした記憶が残るだけだ。

夫となった川本さんが、ときどき――たとえばテレビで、未解決事件特集といった番組が流れているときや、誰かが……主に兄が、三億円事件に言及したとき、ほんの少し不安そうに、私を見ているのに気づくことがある。

心配しなくても、私が初恋の彼に再会することはない。どこかで会ったとしても、わからないだろう。もう、面影すらも思い出せないのだから。

けれど、普段静かで穏やかな夫が、本当は顔も覚えていない初恋の相手に嫉妬している、その様子が可愛くて嬉しいから――もう少し、夫には黙っていようと思う。

特殊詐欺研修

今野敏

今野敏（こんの・びん）

一九五五年北海道生まれ。上智大学在学中の七八年に「怪物が街にやってくる」で問題小説新人賞を受賞。レコード会社勤務を経て、執筆に専念する。二〇〇六年『隠蔽捜査』で吉川英治文学新人賞を、〇八年『果断 隠蔽捜査2』で山本周五郎賞と日本推理作家協会賞を、一七年「隠蔽捜査」シリーズで吉川英治文庫賞を受賞する。

1

「我々を騙せるやつがいるとは、とうてい思えませんね」

城戸純也（しろとじゅんや）が言った。俺も城戸同様に余裕の笑みを浮かべている。彼は三十五歳の警部だ。

俺の名前は九条兵士郎（くじょうへいしろう）。城戸より十歳年上の警視で、警視庁犯罪抑止対策本部の管理官だ。

警察も役所なので、部署の名前とかが長たらしくてややっこしいものが多い。たいていは略される。生活安全部は「生安」、組織犯罪対策部は「組対」だ。

だが、犯罪抑止対策本部を「犯抑」などといった略称で呼ぶ者はまだほとんどいない。できて間がないからだ。「抑止本部」とか単に「ヨクシ」とか呼ばれている。

俺は城戸にこたえた。

「当然だ。騙せるはずがない。こちらはたいていの手口を知っているし、相手が何か仕掛けてくることを知っている。だから、手口を評価してやればいいんだ」

俺たちは、府中市の警察大学校に来ていた。広大な敷地に、警察学校や国際警察センターなどが併設されている。近くに第七機動隊もある。このあたりは全体に灰色の印象がある。

まあ、警察らしいとも言える。春になると桜並木がきれいだというのだが……。

ここで、全国から新たに警部になる者たちを集めて研修を行っている。その数約五百人だ。その研修の一環として、特殊詐欺についての講習が行われることになった。

ヨクシの理事官にこう言われた。

「なんかこうさ、ぱっとみんなの気を引くようなことできない？　だらだら講習なんてやったって、受講生は居眠りするだけなんじゃないのか」

俺はこたえた。

「いくらなんでも警部研修で居眠りはしないでしょう」

「コンテストはどうだ」

「コンテスト？」

「受講生に特殊詐欺をやらせてみるんだ。君らが審査員だ。その手口や技術を評価し、優秀な者を表彰するんだ。抑止本部長賞を出してもらおう」

そういうわけで、俺たちは府中までやってきて、特殊詐欺コンテストをやるはめになった。

もちろん、事前に特殊詐欺についての講義をしている。さまざまな手口も紹介した。受講生は警部になる者だから、実際に所轄などで特殊詐欺を経験した者もいるだろう。

だからといって、城戸が言ったように、俺たちを騙せる者がいるとは思えない。城戸も俺も捜査二課の経験があり、詐欺捜査に関してはベテランだ。

城戸は本部きっての頭脳派で、俺は城戸よりも経験がある。そんじょそこらの詐欺師では太刀打ちできない。

城戸が言った。

「該当者なしで、この賞金、私たちがもらうわけにはいきませんかね」

目の前のテーブルには、十万円の入った封筒があった。犯罪抑止対策本部長が「本部長賞」として賞金を出してくれた。

「ほしけりゃ、君が連中を詐欺にかければいい」

それを聞いて城戸がにやりと笑った。

俺たちを詐欺にかけて、この十万円を巻き上げた者がいたとしたら、無条件で賞金はそいつのものとなる。

まあ、それは百パーセントあり得ないので、あとは比較論だ。手口や技術が最も優れているものを俺たちが選び出して優勝者を決めるというわけだ。賞金はその優勝者のものとなる。

　すでにコンテストは始まっている。今日一日、どういうアプローチをしてもかまわない。本人が詐欺を仕掛けてくる必要もない。誰かに頼んでも、人を雇ってもいい。受講生の中には、俺たちが顔を覚えている者もいるからだ。

　一方、俺たちも行動は自由だ。今、二人は講師控え室として与えられた会議室にいる。誰かが詐欺を仕掛けてくるのを今か今かと待ち続けているのだ。

　電話がかかってきた。非通知だった。

「はい、九条」

　俺が電話に出ると、相手は言った。

「警察共済組合ですが」

「共済組合……？」

「住宅ローンの返済について、お話があります」

　たしかに俺は、警察共済組合で三十年の住宅ローンを組んでいる。

「どのようなお話でしょう」

「実は、先月分の引き落としができませんでした。ついては、振込をお願いしたいのですが……」

「振込……？」

「はい。メモをお取りになれますか？　口座番号を申し上げます」

「そんなはずはない」

「は……？」

「先月分はちゃんと返済済みだ。毎月、確認しているから間違いない」

「送金上の手違いかもしれません。とにかく、先月分の振込をいただかないと、この先のローン契約が無効になり、ご自宅を差押えすることになります」

「ふざけてんのか？」

「え……？」

凄むと、相手は素になった。

「共済組合が非通知でかけてくるかよ」

「あ、いえ、その……」

「どこの県警だ？」

「あ、失礼します」

電話が切れた。

まずは、一人撃退だ。城戸が質問してきた。

「共済組合を騙ったってことですか？」

「そうだ。知恵を絞ったようだが、詰めが甘いな」

メールが届いた。有名なネットショッピングのサイトのふりをして、架空の利用明細を送ってきた。

それを見て、城戸が言った。

「この短時間で、よくこれだけの細工ができましたね。ＩＴの技術は認めてもいいですね」

「だが、この先どうしろというんだ？」

「添付してあるメールアドレスか、電話番号に連絡しろということなんでしょう」

たしかに、同様のメールによる特殊詐欺は増えている。Ａｍａｚｏｎや楽天といった、メジャーなサイトからのものとそっくりのメールが送られてきて、利用明細を知らせてくる。

もちろん利用した覚えがないので、ついリンクされているサイトのアドレスをクリックしてしまう。すると、ウイルスに感染したり、メールアドレス等が登録されて詐欺の餌食になってしまうというわけだ。

「おまえ、電話してみろ」

城戸が俺のスマホに表示されている番号を見ながら電話をかけた。

「利用もしてないのに、利用明細って、どういうこと？」

そう言ってから、しばらく相手の話に耳を傾けている。

「え、私が何を買ったって？　ｉＰｈｏｎｅ？　冗談じゃない。私はね、スティーブ・ジョブズが大っ嫌いなんだ。この世で最低の男だったと思っている。だから、アップル製品は一切使わない。ｉＰｈｏｎｅなんて、絶対に買うはずないんだ」

それからまた、しばらく相手の話を聞く。やがて、溜め息まじりに言った。

「はいはい。残念でした。どこの県警？」

城戸が電話を切って言った。

「警視庁だそうです」

「東京か。メールの加工とか、ＩＴ技術で使えるかもしれないな」

「でも、今回の本部長賞は無理ですね」

「アップル製品は一切使わないって？」

「死んでも使いません」

その後、何人か仕掛けてきたやつがいたが、どれも似たり寄ったりだ。警察官というのは頭が固いから、どうしても過去にあった事案をなぞってしまうのだ。新しい発想がない。俺の母親だというのが電話をしてきて、びっくりした。息子とか孫だと言って電話をかけるのが「おれおれ詐欺」だが、その逆というわけだ。誰かが老婆に依頼したのだろう。その老婆は、俺のことを「兵士郎ちゃん」と呼んだ。母親は絶対にそんな呼び方はしない。たいてい「ヘイ」だ。

何でも投資詐欺にあい、何百万か損をしたので助けてほしいということだ。

「おれおれ詐欺」ならまだしも、こんな手口に引っかかるわけがない。

また、みすぼらしい身なりの老人が俺たちを訪ねてきて、娘が不治の病だと言って泣き出したときは、さすがにあきれてしまった。

午後五時になると、城戸が言った。

「いやあ、疲れましたね。騙されるはずはないとわかっていても、対応するだけでくたくたです」

「まったくだ。そろそろ引きあげるとするか」

「結果発表は？」

「報告するついでに、理事官に相談してみよう」

俺は電話をかけた。

「おう。府中はどうだ？」

「疲れました」

「五百人全員の相手をしたわけじゃないだろう？」

「五人ほどの班を作らせ、相談してやらせました。ですから、百件ほどですね」

「それならたいしたことはないだろう」

「一日に百件もの特殊詐欺に遭遇するのって、どんなだとお思いですか？」

「想像もできんな。それで、優秀なやつはいたのか？」

「まあ、どれも似たり寄ったりですね……」

「なんだ……。めぼしいやつがいたら、本部に引っぱってもいいと思っていたんだが……」

「発想は悪くないけど、詰めが甘かったり、演出なんかは申し分ないんですが、発想が凡庸だったり……。どれも、帯に短し、たすきに長しって感じですね」

「そうか。優勝者を決めるのはたいへんそうだな」

「一晩落ち着いて考えてみたいのですが……」

「了解だ。発表は明日でいい。ごくろうだったな」

「は。失礼します」

俺は電話を切ると、城戸に言った。

「発表は明日でいいそうだ。朝一で相談して優勝者を決めよう」

「わかりました」

「ちなみに、優勝候補はどれだと思う？」

「私は『兵士郎ちゃん』が気に入ってますが……」

俺は何も言わず、小さくかぶりを振った。城戸が言うとおり、百件に対応するだけで疲れ果てた。

俺は帰り支度を始めた。

城戸が尋ねた。

「本部長賞の十万円はどうします？」

「俺の鞄に入れておく」

俺はいつも使っている革製のブリーフケースを片手でぽんと叩いた。

2

駐車場から車を出した。覆面車ではなく俺のマイカーだ。自宅から乗ってきたのだ。城戸を送って行くことにした。城戸は助手席だ。

警察大学校を出てしばらくは交通量の少ない道路が続く。

都心方向に向かおうとしていると、サイレンの音が聞こえた。

俺はミラーを見て眉をひそめた。

「交機隊かな……」

鮮やかなブルーの制服。赤色灯を回転させた白バイが見える。

城戸が振り向いて確認する。

「そのようですね」

「何だろう。スピード違反じゃないし……」

「停まれと言っているようですよ」

俺はミラーを見た。たしかに、交機隊らしい白バイ隊員は、左手で止まれの合図を出しているように見える。

「仕方がないな……」

俺は車を路肩に寄せて停車した。

白バイは車の後方に停まった。隊員が降り近づいてきた。

別に何も悪いことをしていなくても、白バイに停められるのは気持ちのいいものではない。

ヘルメット姿の隊員が、運転席の脇にやってきて、窓をノックした。俺は窓を開けた。

すると、隊員が言った。

「失礼します。警察大学校からいらっしゃいましたよね？」

「そうだが……」

「警察関係者ですね？」

「警視庁だ。犯罪抑止対策本部」

「免許証と手帳を拝見できますか？」

俺は言われたとおりにした。隊員は、すぐにそれらを確認して返した。そして、言った。

「無線、聞いてませんか？」

「無線？」

俺は思わず聞き返していた。

「ええ。広域の一斉です」

「いや、見てのとおり、この車は自家用車だ。無線を積んでいない」

「警察関係施設に出入りする車両に爆弾を仕掛けたという脅迫電話がありました」

「脅迫電話……？」

「ええ。警視庁本部の通信指令センターで受けました」

「いたずらじゃないのか？」

「そうかもしれませんが、万が一ということもあるので、警視庁関連のすべての施設を対象に調べています」

俺は城戸と顔を見合わせた。城戸は怪訝そうに眉をひそめている。

白バイ隊員が言った。

「自分らも手分けして、あらゆる車両をチェックしています。ご協力いただけますか？」

「もちろんだ」

爆弾など仕掛けられているはずはない。そう思ったが、すべての関連施設を調べているというのだから、仕方がない。

「では、いったん車を降りていただけますか？」

白バイ隊員に言われて、俺は聞き返した。

「え？　降りなきゃいけないの？　このまま調べればいいじゃない」

「繰り返しますが、万が一ということがあります。誰も車に乗っていない状態で調べることになっています」

「それじゃあ、仕方がないな……」

俺は渋々車を降りようとして、後部座席にあったブリーフケースに手を伸ばした。そのとき、白バイ隊員が言った。

「あ、荷物は何も持たないでください」

「何だって？」

「危険回避の措置です」

「危険回避って……。俺の鞄だよ。誰がいつ爆弾を仕掛けられるって言うんだ」

「おっしゃることはわかりますが、こういうのは例外は認められないんです。ばかばかしいと思っても、規定を守らなければなりません」

まあ、それが警察の仕事だ。

どうせ何事もなく、すぐに解放されるはずだ。俺はそう思い、鞄を後部座席に置いたまま車を降りた。

城戸も助手席から外に出た。

白バイ隊員が言う。

「車から離れていてください」

俺は苦笑した。

「大げさだな……」

「安全確保は、大げさなくらいでちょうどいいんですよ」

「まあ、君の言うとおりだな」

俺と城戸は車から五メートルほど離れた。ちょうど乗っていた車の全長と同じくらいの距離だ。

白バイ隊員が言った。

「爆発すると危険ですから、もっと離れてください」

俺と城戸は言われるまま、さらに五メートルほど後退した。

俺たちの位置を確かめると、白バイ隊員はおもむろに車に近づいた。運転席のレバーを操作して、ボンネットを開けた。エンジンルームを見ている。

それから、ハッチバックの後部ドアを開けて荷台を調べている。

城戸が言った。

「えらく念入りですね」

俺は白バイ隊員の姿を見ながら言った。

「まあ、あれが彼の仕事なんだろうからな……」

運転席から離れた白バイ隊員は、地面に這いつくばるようにして車の底を調べた。車を一回りすると、彼は俺のほうに近づいてきて言った。

「エンジンをかけてみます。キーを貸していただけますか？」

今どきの車は、キーを持っているだけで、スイッチを回せばエンジンがかかる。俺の車もそうだった。

俺はポケットからキーを取り出して、白バイ隊員に渡した。

「危険ですから、もっと下がっていてください」

俺と城戸は、数歩後ずさった。

白バイ隊員が右手を運転席に差し入れるようにしてエンジンスイッチを回した。セルモーターが回る音がしてすぐにエンジンがスタートする。

その状態で彼は再び、車の下を覗き込んだ。

「腹が減りましたね」

城戸が言った。俺はうなずいた。

「特殊詐欺の対応に追われて、昼飯もろくに食っていないからな」

警察大学校には、立派な食堂がある。料理もなかなかおいしいと聞いている。だが、昼は控え室でおにぎりを一つ食べただけだった。

「近くで何か食っていきますか？」

「そうだな。いずれにしろ、町まで出ないことには……」

そのとき、車の下から突然白煙が上がった。

同時に、白バイ隊員の大声が聞こえてきた。

「危ない。爆発します。もっと離れて……」

「何だって……」

俺は一瞬、呆然としていた。

目の前で起きているのが何なのか理解できない。城戸も同様に立ち尽くしている。

白バイ隊員の大声が聞こえる。

「危険ですから、姿勢を低く」

俺たちは言われるままに、かがんでいた。

さらに白バイ隊員の声が続いた。

「車を移動します。姿勢を低くしたままでいてください」

彼が乗り込むと、すぐに発車した。

俺の車は、底から白煙を上げながら、目の前を通り過ぎた。やがて、車は道の突き当たりを左に曲がって見えなくなった。

それからしばらく、俺たちは同じ姿勢でいた。何台か車が通り過ぎて、ようやく俺は立ち上がった。

城戸も立ち上がる。

俺は車が消えた角を見つめていた。

「爆発音は聞こえませんね」

城戸が言った。

「ああ……」

そう言って振り返ると、白バイが残っていた。

俺の視線に気づいた様子で、城戸が言った。

「あの白バイ、どうしましょう」

俺は混乱していた。どうしていいのかわからない。

「あの隊員が取りに戻るはずだ。それまで待つしかないか……。白バイを放っておくわけにもいかない」

それからまたしばらく、二人は立ち尽くしていた。

日が落ちてあたりが暗くなってきた頃、城戸が何かに気づいたように言った。

「ここ、府中市ですよね……」

「それがどうかしたか」

そこまで言って、俺もようやく気づいた。

「あ、府中市……。白バイ……。三億円事件か」

「これ、まったく同じシチュエーションじゃないですか」

城戸の言うとおりだ。俺は停めてある白バイに近づいた。そして、つぶさに観察した。

「本物の白バイのようだな」

「ええ。赤色灯、サイレンアンプ、無線……。すべて本物ですね」

「隊員はどうだろう」

「制服は本物に見えましたね」

そのとき、ヘッドライトが近づいてきて、すぐ近くに停まった。見ると、俺の車だった。一回りして戻ってきたようだ。

白バイ隊員の恰好をしたやつが運転席から降りた。

彼はにこやかに言った。

「賞金は、車の中ですよね？　九条管理官の鞄の中と推察しますが……」

俺は、さきほどとは違った感情を抱いて立ち尽くしていた。

敗北感だった。やられた、と思った。

城戸が尋ねた。

「じゃあ、君は交機隊員じゃないんですね？」

「もちろん違いますよ。自分は、警部研修の受講者です」

俺は歯ぎしりしたい気分のまま尋ねた。

「その制服と白バイはどうしたんだ？」

「同じ班の中に交通部の者がおりまして……。彼が後輩から借りました」

「待て。制服や車両の貸し借りは規定違反だ。違法行為だぞ」

「研修のためです。特別措置と考えていいんじゃないですか」

俺は溜め息をついた。これ以上文句を言うと自分がさらに惨めになる。俺はまんまと騙されたのだ。それは認めなければならない。

「俺たちは、賞金を奪われた。つまり、君が優勝者だ」

白バイ隊員の恰好をした受講者は、その場で気をつけをした。

俺は言った。

「休んでいい。賞金は明日の発表のときに改めて渡す」

彼は休めの姿勢になってこたえた。

「了解しました」

「官姓名を聞いておこう」

「神奈川県警の鷺坂肇(さぎさかはじめ)といいます」

「サギサカ？　本名か？」

「もちろんです」

「俺たちはサギサカの詐欺にあったわけだ」

「はあ……」

　本名だというのだから、本人が悪いわけではないが、俺はなんだかばかにされたような気分だった。

「白バイを持って帰れ。そして車を返してくれ」

「はい」

　鷺坂は車から離れた。俺と城戸は車に乗り込んだ。まず、ブリーフケースの中の賞金を確認すると、携帯電話を取り出した。

「理事官に報告しておこう」

「鷺坂が気をつけをしたまま待ってますよ」

「ふん。待たせておけ」

　俺は理事官に電話した。午後六時を過ぎているがまだ警視庁本部にいるはずだ。

「九条管理官か？　どうした」

「まんまとやられました」

「やられた？」

「先ほどの電話のあと、車で帰ろうとしたところ……」

俺は、鷺坂の手口について、詳しく説明した。話を聞き終わると、理事官が言った。

「それって、三億円事件そのまんまじゃないか」

「そういうことになりますね」

「それでやられたのか？」

言い訳はしたくなかった。

「そうです」

理事官の笑い声が聞こえてきた。

「鷺坂といったか、その警部研修生は？」

「はい」

「私も会ってみたくなった。明日の優勝者発表には私も出席しよう」

「わかりました。お待ち申し上げております」

「じゃあ、明日」

電話が切れた。

俺は携帯電話をポケットにしまうと、車をスタートさせた。まだ気をつけをしていた鷺坂が敬礼するのが見えた。

「まさか、あの手で来るとは思いませんでしたね。あの事件をそっくりパクるなんて……」

「まったく同じじゃない。三億円事件のときの白バイや制服は偽物だった。もし、偽物なら俺たちを騙すことはできなかっただろう」

この発言が負け惜しみであることは自覚していた。

「でも、おそらく問題はそこじゃないですよ。私たちは、完全にパニック状態でした」

俺はしばらく無言だった。認めたくないが、城戸が言うことは正しい。やがて、俺は言った。

「そうだな……。警察官として訓練と経験を積んでいるつもりだったが、ああいうときはどうしていいかわからなくなるものだ」

「制服というのは、それくらい心理的な拘束力が強いんですね。それと、あの白煙……。おそらく、三億円事件のときと同様に発煙筒を使ったのでしょうが、爆弾と聞かされていてあの光景を見たら、誰も冷静になれません」

「そのとおりだと思う」

「三億円事件の手口は、今なお色あせていないということが、今日証明されましたね」

俺は溜め息をついた。

「それは認めなければならないな。そして、それに眼をつけた鷺坂をも認めなければならない」

俺はルームミラーで後方を確認した。

すでに鷺坂の姿はなかった。

翌日、警部研修生五百人を前にし、特殊詐欺コンテストの結果発表が行われた。司会は、城戸がつとめた。

理事官が正面に立ち、俺はその脇にいた。

城戸が、鷺坂肇の班五名の名前を呼んだ。鷺坂がその代表として理事官の正面に歩み出る。理事官はわざわざ表彰状を用意していた。

それを読み上げ、鷺坂に渡す。

鷺坂はそれを両手で受け取り、上体を十五度に倒す正式な敬礼をした。

理事官が小声で声をかけた。

「神奈川県警だということだね？」

「はい。本部の生活安全部におります」

理事官がさらに声を落とした。

「警視庁に出向する気はあるかね？」

鷺坂が笑みを洩らした。

「きっといい仕事をしてごらんにいれます」

回れ右をして、もとの位置に戻っていった鷺坂を見て、俺は思った。

こいつが出向してくれれば、けっこう面白いことになるかもしれない。

本書は「小説幻冬」（二〇一七年十一月号・二〇一八年九月号）
に掲載された作品を再構成した文庫オリジナルです。

幻冬舎文庫

●最新刊
愛よりもなほ
山口恵以子

没落華族の元に嫁いだ、豪商の娘・菊乃。しかしそこは地獄だった。妾の存在、隠し子、財産横領、やっと授かった我が子の流産。菊乃は、欲と快楽を貪る旧弊な家の中で、自立することを決意する。

●好評既刊
銀色の霧
女性外交官ロシア特命担当・SARA
麻生　幾

ロシア・ウラジオストクで外交官の夫・雪村隼人が失踪した。調査に乗り出した同じく外交官の紗羅はハニートラップの可能性を追及する中で事件の核心に迫っていく。傑作諜報小説。

●好評既刊
［新版］幽霊刑事（デカ）
有栖川有栖

美しい婚約者を遺して刑事の俺は上司に射殺された。が、成仏できず幽霊に。真相を探るうち俺を謀殺した黒幕が他にいた！　表題作の他スピンオフ「幻の娘」収録。恋愛＆本格ミステリの傑作。

●好評既刊
二千回の殺人
石持浅海

復讐の為に、汐留のショッピングモールで無差別殺人を決意した篠崎百代。最悪の生物兵器《カビ毒》を使い殺戮していく。殺される者、逃げ惑う者、パニックがパニックを呼ぶ史上最凶の殺人劇。

●好評既刊
十五年目の復讐
浦賀和宏

ミステリ作家の西野冴子は、一切心当たりがないまま殺人事件の犯人として逮捕されてしまう。些細な出来事から悪意を育てた者が十五年の時を経て、冴子を逃げ場のない隘路に追い込む……。

幻冬舎文庫

●好評既刊
サムデイ
警視庁公安第五課
福田和代

訳ありなVIP専門の警備会社・ブラックホークに、新しい依頼が舞い込んだ。警護対象は、警察トップの警察庁長官。なぜ、身内である警察に頼らないのか。不審に思う最上らメンバーだったが……。

●好評既刊
ヒクイドリ
警察庁図書館
古野まほろ

交番連続放火事件、発生。犯人の目処なき中、警察内の2つの非公然課報組織が始動。元警察官僚の著者が放つ、組織の生態と権力闘争を克明に描いた警察小説にして本格ミステリの傑作！

●好評既刊
ある女の証明
まさきとしか

主婦の芳美は、新宿で一柳貴和子に再会する。中学時代、憧れの男子を奪われた芳美だったが、今は不幸そうな彼女を前に自分の勝利を噛み締めた――。二十年後、盗み見た夫の携帯に貴和子の写真が。

●好評既刊
財務捜査官 岸一真
マモンの審判
宮城 啓

フリーのコンサルタント・岸一真が、知人を介して依頼された仕事は、史上稀に見る巨額マネーロンダリング事件の捜査だった――。期待の新鋭が放つ興奮の金融ミステリ。ニューヒーロー誕生！

●好評既刊
ウツボカズラの甘い息
柚月裕子

鎌倉で起きた殺人事件の容疑者として逮捕された主婦の高村文絵。無実を訴えるが、鍵を握る女性は姿を消していて――。全ては文絵の虚言か、悪女の企みか？ 戦慄の犯罪小説。

1968　三億円事件

日本推理作家協会 編

下村敦史　呉勝浩　池田久輝

織守きょうや　今野敏 著

平成30年12月10日　初版発行

発行人――石原正康
編集人――袖山満一子
発行所――株式会社幻冬舎
〒151-0051東京都渋谷区千駄ヶ谷4-9-7
電話　03(5411)6222(営業)
　　　03(5411)6211(編集)
振替00120-8-767643
印刷・製本―中央精版印刷株式会社
装丁者――高橋雅之

幻冬舎文庫

ISBN978-4-344-42812-6　C0193　　に-21-2

幻冬舎ホームページアドレス　http://www.gentosha.co.jp/
この本に関するご意見・ご感想をメールでお寄せいただく場合は、
comment@gentosha.co.jpまで。